KB110605

마농 레스코

일러두기

• 이 책은 Abbé Prévost, 『*Manon Lescaut*』(Project Gutenberg, 2006)를 참고했습니다.

진형준 교수의 세계문학컬렉션

17

마농 레스코

아베 프레보 지음

Manon Lescau

살림

Antoine François Prevost
Aumônier de S.A.S. Mgr.
le Prince de Conti

dessiné à Paris d'après nature et Gravé à Berlin par G.F.Schmidt Graveur du Roy, en 1745.

아베 프레보

독일 판화가 게오르그 프리드리히 슈미트의 1745년 작품.

「파사로 곶 전투 The Battle of Cape Passaro」

영국 화가 리처드 페이턴의 1767년 작품. 사국동맹전쟁(1718~1720) 중 영국 해군이 스페인 해군을 물리
친 전투를 그렸다. 10대 시절 아베 프레보는 예수회 학교들을 계속 다니며 수련 수사 생활을 했으나 엄격
한 예수회 규율은 그의 자유분방한 성격과 잘 맞지 않았다. 그러던 중 1714년경 군인이 되었지만 군대에
서도 탈영을 하고 네덜란드로 떠났다가 다시 수련 수사를 지냈다. 1718년 말~1719년 초에는 또다시 장교
가 되어 사국동맹전쟁에 참전했으며, 전쟁이 끝날 무렵 군대에서 나왔다. 사국동맹전쟁은 스페인이 스페
인왕위계승전쟁 이후 잃어버린 이탈리아 영토와 프랑스 왕위 계승권을 되찾고자 일으킨 전쟁이다. 이에
프랑스, 영국, 네덜란드, 신성로마제국이 동맹을 맺고 스페인에 맞서 싸워 승리했다.

「기도하는 성 베네딕토 HI. Benedikt im Gebet」

익명의 독일 화가인 마이스터 폰 메스키르히의 1530년경 작품. 군대를 떠난 아베 프레보는 1720년에 베네딕트회에 들어갔다. 수련 기간을 거치고 1년 뒤 수사가 된 그는 1726년 사제로 임명되었다. 이후 관계가 나빠져 1728년 수도회를 나왔으나 1734년 화해하고 다시 베네딕트회로 돌아갔다. 베네딕트회는 이탈리아 기독교 성인 누르시아의 베네딕토가 529년에 세운 로마가톨릭 수도 공동체로, 이후 모든 수도회의 본보기가 되었다. 한국에서는 보통 '베네딕도회' 또는 '분도회'라고 부른다. 1731년 출간된 아베 프레보의 대표작 『마농 레스코』가 포함된 20권짜리 소설 『어느 고귀한 사람의 모험과 회고(*Mémoires et aventures d'un homme de qualité*)』는 그가 군대 시절 또는 베네딕트회 시절부터 구상해 쓰기 시작한 것으로 추정한다.

『마농 레스코』1753년 판

내용을 일부 수정하여 1753년 출간된『마농 레스코』첫 쪽.『마농 레스코』는 1731년 출간되자 노골적인 내용 때문에 엄청난 논란을 불러일으켰으며, 결국 프랑스에서 출판을 금지당했다. 그럼에도 너무 인기가 많아 해적판이 무수히 나돌았다. 그러자 아베 프레보는 1753년에 개정판을 내면서, 문제가 되는 부분의 표현 수위를 낮추고 더 도덕적인 내용으로 수정해 집어넣었다.

 마농 레스코 차례

제1부 · 11

제2부 · 125

『마농 레스코』를 찾아서 · 203

『마농 레스코』 바칼로레아 · 210

제 1 부

프롤로그

이상한 만남

　　기사(騎士) 데 그리외가 내게 해준 이
야기를 여러분에게 들려주기에 앞서 그와 내가 처음 만나게
된 사연부터 밝혀야겠다. 내가 스페인으로 떠나기 전의 일이
었다.

　어느 날 나는 루앙에 있는 고등법원에 볼일이 있어 다녀오
는 길이었다. 도중에 에브뢰에서 하루를 묵은 후 나는 파시쉬
르외르에서 저녁을 할 예정으로 말을 타고 길을 떠났다.

　파시쉬르외르에 도착한 나는 좀 놀랐다. 이 자그마한 마을
사람들이 무슨 구경거리라도 있는 것처럼 무리 지어 어디론

가 몰려가고 있었기 때문이었다. 그들은 마차 두 대가 서 있는 어느 여관을 향하고 있었다. 내게도 호기심이 일었다. 마침 문 앞에 호송병의 모습이 보이기에 나는 그에게 무슨 일이냐고 물었다. 그가 내게 대답했다.

"뭐, 대단한 일 아닙니다. 행실 나쁜 여자 12명을 르아브르까지 호송하는 겁니다. 거기서 배에 태워 아메리카로 보낼 겁니다. 그중에 제법 반반한 것들이 있어서 저리들 난리인 모양입니다."

그 정도였다면 나는 그냥 발걸음을 돌렸을 것이다. 그런데 순간 여관에서 뛰쳐나온 한 노파의 탄식이 나를 머뭇거리게 만들었다.

"어휴, 불쌍해라. 차마 눈 뜨고는 못 보겠네."

나는 노파에게 물었다.

"대체 무슨 일이오?"

"나리께서 직접 들어가보세요. 세상에나! 정말 애처로운 모습이에요."

호기심에 사로잡힌 나는 말에서 내려 말을 마부에게 맡겼다. 그리고 사람들을 헤치고 여관으로 들어갔다. 과연 노파의 말대로 애처로운 광경이 눈에 들어왔다.

여자들이 두 무리로 나뉘어 쇠사슬에 묶여 있었다. 그런데 그중 한 명이 유독 눈에 띄었다. 분명히 행실 나쁜 여자들이라고 했는데 그녀는 도무지 그런 느낌을 주지 않았다. 얼굴 생김새뿐 아니라 태도가 보통 여염집 여자 같았다. 슬픈 표정에 옷차림도 더러웠지만 그것이 그녀의 아름다움을 흐리게 하지는 못했다. 오히려 '저렇게 아름다운 여자가 어쩌다 저렇게 되었지?' 하는 궁금증과 동정심을 자아낼 뿐이었다.

그 여인들의 호송병은 모두 여섯 명이었다. 나는 호송대장을 불러 혹시 그 두드러지게 아름다운 여자가 누구인지 말해 줄 수 있느냐고 물었다. 하지만 매우 간략한 이야기만 들었을 뿐이었다.

"저 여자는 살페트리에르 병원 감화원에서 끌려왔습니다. 행실이 나쁜 여자들을 가두어두는 곳이지요. 뭔가 몹쓸 짓을 한 모양입니다. 저도 뭔가 달리 보여 오는 도중 이런저런 말을 걸어보았지만 도통 입을 안 엽니다. 그런데 저기 젊은 남자 보이지요?"

호위대장은 방 한구석을 가리키더니 다시 말을 이었다.

「살페트리에르로 이송되는 창녀들 La conduite des filles de joie à la Salpêtrière」

프랑스 화가 에티엔 조라의 1745년 작품. 살페트리에르 병원은 원래 화약 공장이었으나 1656년 루이 14세의 지시에 따라 파리의 가난한 사람들을 위한 호스피스 시설로 개조되었다. 창녀들을 수감하는 감옥이자 정신장애자와 정신이상 범죄자, 간질 환자, 빈민의 수용소로 사용되었다. 엄청난 쥐 떼로 악명이 높았는데, 건물은 매우 훌륭했지만 거주 환경은 무척 나빴다. 오늘날에는 피티에살페트리에르 병원으로 불리며, 파리 공공구호병원 중 하나이자 소르본 대학교 부속병원으로, 유럽에서 가장 큰 규모를 자랑한다.

"파리에서부터 따라 온 사람인데 어찌나 눈물을 흘려대는
지. 저 여자 오빠거나 애인이겠지요."

나는 젊은이가 앉아 있는 방구석으로 시선을 돌렸다. 한눈
에도 깊은 고통에 시달리고 있는 모습이었다. 비록 옷차림은
형편없었지만 훌륭한 가문 출신임이 분명했고 교양이 몸에
배어 있음을 알 수 있었다. 내가 가까이 가자 그가 몸을 일으
켰다. 세련된 동작이었고 호감을 주는 인상이었다.

나는 그의 곁에 앉으며 말했다.

"실례 좀 하겠습니다. 저기 저 아름다운 여인에 대한 이야
기를 좀 해줄 수 있겠습니까? 도무지 이런 일을 겪을 사람으
로는 보이지 않아서 말입니다."

젊은이는 그 여자 이야기를 해주려면 자신의 신분을 밝혀
야만 하는데 지금으로서는 그럴 수가 없어 죄송하다고 말한
후 덧붙였다.

"그냥 간단하게만 말씀드리겠습니다. 저는 그녀를 너무나
사랑하는 남자입니다. 그래서 이 세상에서 가장 불행하게 된
남자입니다. 무슨 수를 써서라도 그녀를 석방시키려고 했던
남자입니다. 정말 온갖 수단을 다 동원했습니다. 하지만 모두

물거품이 되었습니다. 저는 이 세상 끝까지 그녀를 따라갈 겁니다. 그녀와 함께 배를 타고 아메리카로 건너갈 겁니다. 그런데 저 비열한 호송병 놈들이……."

그는 호송병들을 손가락으로 가리켰다.

"저는 호송병들에게 돈을 주며 함께 따라가는 걸 허락해달라고 부탁했습니다. 돈을 탐낸 놈들이 허락하더군요. 그런데 그녀에게 말 한마디 걸 때마다 돈을 요구하는 바람에 얼마 지나지 않아 돈이 다 떨어지고 말았습니다. 제가 무일푼이 되자 그녀에게 가까이 가려고만 해도 저를 난폭하게 밀쳐내면서 총을 겨누기까지 하더군요. 이제 시원치 않은 제 말이라도 팔아야 할 처지입니다. 걸어서라도 저들을 따라갈 겁니다. 하지만 언제 저놈들이 나를 떼어놓을지……."

젊은이는 말을 마치자 흐르는 눈물을 감추지 못했다. 나는 이 애처로운 사연과 눈물에 감동받았다. 뭔가 심상치 않은 사연이 있는 것 같았다. 게다가 젊은이가 저 여자를 열렬히 사랑하고 있다는 것을 한눈에 알 수 있었다. 애절한 사랑은 사람의 호기심을 자극하는 법이다.

"사연을 다 듣지는 못했지만 혹 내가 도울 수 있는 일이라도 있을까요?"

"제게 무슨 희망이 있겠습니까? 그냥 그녀를 따라 아메리카로 건너가렵니다. 어쨌든 자유롭게 지낼 수는 있겠지요. 도와주시겠다는 말 감사합니다. 하지만 르아브르까지만 가면 제 친구가 저를 도와줄 겁니다. 편지를 보내놓았거든요. 다만 거기까지 가는 게 좀 문제입니다."

"내가 조금이나마 도와드리지요. 얼마 되지 않는 돈이지만 받아주실 수 있겠습니까? 수중에 좀 더 있었으면 좋을 텐데 이뿐이라서……."

나는 호송병들 몰래 그에게 4루이(80프랑)의 금화를 주었다. 그가 돈을 가진 것을 알면 호송병들이 그를 벗겨 먹으려 들 것이 뻔했기 때문이었다. 나는 손짓으로 호송대장을 불렀다.

"이 사람을 저 여자와 함께 르아브르까지 갈 수 있게 해줄 수 없겠소?"

"우리가 굳이 막는 건 아닙니다. 하지만 늘 곁에만 있으려고 하니 조금 문제가……. 하지만……."

"그래, 그 문제를 없애려면 얼마가 필요하겠소?"

그는 2루이나 되는 돈을 요구했다. 나는 돈을 지불하면서 호송대장에게 말했다.

"허튼수작은 하지 마시오. 당신을 곤란하게 만들 정도의 권한은 내게 있으니……. 이 젊은이에게 내 주소를 알려주고 갈 거요."

젊은이가 어찌나 극진하게 감사를 표하는지 나는 도움을 주기를 정말 잘했다고 생각했다. 나는 여관에서 나오기 전에 그 여인에게도 몇 마디 말을 건넸다. 어찌나 상냥하고 사랑스럽게 대답하던지 그녀에 대한 궁금증이 더 커졌다. 하지만 나는 궁금증을 간직한 채 여관에서 나올 수밖에 없었다.

그 일이 있은 지 어언 2년이 흘렀다. 나는 그 일을 까맣게 잊고 있었다.

그러던 어느 날이었다. 나는 제자뻘 되는 어느 후작과 함께 칼레에 갔다가 사정이 있어 그곳에서 하루를 묵게 되었다.

나는 후작과 함께 거리를 걷다가 낯익은 얼굴을 발견했다. 파시쉬르외르에서 만났던 그 젊은이였다. 잘생긴 얼굴에 인상도 강렬해서 쉽게 알아볼 수 있었다. 차림새는 처음 만났을 때보다 더 초라했고 몸도 야위어 보였다. 그가 한쪽 손에 낡은 여행 가방을 들고 있는 것으로 보아 방금 이곳에 도착한 모양이었다.

젊은이도 나를 알아보고 무척 반가워했다. 그는 내 손에 입을 맞추며 말했다.

"아, 당신이군요. 정말로 잊지 못할 큰 은혜를 베풀어주셨지요. 이렇게 감사드릴 기회를 갖게 되어 정말 다행입니다."

나는 그에게 어디서 오는 길이냐고 물었다. 그는 얼마 전 아메리카에서 돌아왔다며 르아브르에서 칼레까지 배편으로 왔다고 짧게 대답했다.

나는 그의 사연을 듣고 싶어 내가 묵고 있는 호텔로 함께 가자고 젊은이에게 청했다. 호텔에 도착한 후 사연을 묻자 그가 말했다.

"큰 은혜를 베풀어주신 분께 뭔가 숨긴다면 옳지 못한 일이겠지요. 모두 말씀드리겠습니다. 분명 저를 비난하시겠지만 한편으로는 동정도 해주시리라 믿습니다."

그는 이야기를 시작했다. 나는 그의 이야기가 흥미로웠다. 그래서 그의 이야기를 들으면서 바로 글로 옮겼다. 그러니 이 글이 그가 말한 내용 그대로라는 것을 믿어도 좋다. 그가 말한 것 외에 단 한 마디도 덧붙이지 않았음을 나는 자신 있게 밝힌다.

이제부터 해주는 이야기는 바로 그가 내게 들려준 이야기다.

1

　　우리 집안은 P 지방에서도 명문가였
다. 내가 열일곱 살이 되던 해에 부모님은 나를 아미앵으로
유학을 보냈다. 당시 나는 철학 공부를 막 마친 상태였다. 나
는 모범생이었다. 품행이 올곧은 데다 공부도 열심히 했기에
모두가 나를 인정하고 존중했다. 나를 눈여겨본 주교는 내게
성직자가 되지 않겠냐고 권할 정도였다. 하지만 부모님은 내
가 십자군에 들어가기를 원하셨다. 그들은 이미 나를 기사 데
그리외라 부르고 있었다.

　어느덧 방학이 되자 나는 집으로 돌아갈 준비를 했다. 집으
로 가는 거야 기뻤지만 딱 한 가지 아쉬운 게 있었다. 가장 친

한 친구 티베르주와 방학 동안 헤어져 있어야 한다는 사실이
었다. 그는 집안이 몹시 가난해 성직을 택해야만 했다. 그래서
그는 방학 동안에도 아미앵에 남아 공부를 해야 했다. 그는 너
그럽고 이해심이 깊은 훌륭한 친구였다. 아, 내가 열정에 휩
싸여 뛰어든 내 운명 길에서 그의 충고를 들었더라면! 그러나
그의 온갖 정성은 아무 소용이 없었다. 나는 얼마나 그에게 자
주 화를 냈던가! 그러면 그는 또 얼마나 큰 비탄에 잠겼던가!

　나는 아미앵을 떠날 날을 이미 정해놓고 있었다. 아! 하루
만 더 일찍 아미앵을 떠났더라면! 그랬더라면 내게는 아무 일
도 벌어지지 않았을 것을! 나는 아버지가 기대했던 대로 모범
적인 기사가 되었을 텐데!

　아미앵을 떠나기로 한 바로 전날이었다. 나는 티베르주와
산책을 하고 있었다. 역마차 한 대가 어떤 여관 앞에 서 있는
것이 눈에 들어왔고 사람들이 내리는 것이 보였다. 마차에서
내린 모든 사람들이 집 안으로 들어갔는데도 한 젊은 여인이
혼자 앞뜰에 그대로 서 있었다. 그 옆에서 그녀를 수행하는 것
처럼 보이는 나이 지긋한 사람이 열심히 짐을 풀고 있었다.

정말로 눈부시게 아름다웠다. 이성에 대해서는 아무것도 몰랐던 나, 여자에게 눈길 한 번 준 적이 없던 내가 단번에 열정에 휩싸였다. 도대체 무슨 신비스러운 힘이 작용했던 것일까? 그렇게 수줍음을 잘 타던 내가, 한눈에 반한 그녀 앞으로 조금도 망설이지 않고 다가간 것이다.

그녀는 나보다 나이가 어려 보였다. 하지만 그녀는 수줍은 기색도 없이 내 인사를 받았다. 나는 그녀가 무슨 일로 아미앵에 온 것인지 용감하게 물어보았다. 그녀는 부모님의 명령으로 수녀가 되려고 이곳에 왔다고 솔직하게 대답했다.

나는 처음 보는 여자 앞에서 그녀의 부모가 내린 결정이 얼마나 잘못된 것인지 열렬하게 비판했다. 처음 본 그녀에게, 그녀가 수녀가 되면 한없이 불행해질 것이라고 열심히 떠들어 댔으니 모두 그녀를 향한 내 맹목적 열정이 가져다준 힘 덕분이었다. 나는 그녀를 설득하기 위해 온갖 논리와 웅변술을 총동원했다. 그녀는 내 이야기에 귀를 기울이는 것 같기도 했고 대수롭지 않게 여기는 것 같기도 했다. 단지 자신도 자기 앞날이 불행하리라는 것을 알고 있다, 하지만 달리 피할 도리가 없으니 운명으로 알고 받아들이는 수밖에 없다고 마치 남의 일이야기하듯 대답했을 뿐이었다.

지금에 와서야 알 수 있는 사실이지만 그녀의 부모가 그녀를 수녀로 만들기로 결심한 것에는 이유가 있었다. 그녀에게는 향락에 빠지기 쉬운 기질이 이미 엿보였기에 그런 결정을 한 것이었다. 그리고 그녀의 그 향락 기질이 나와 그녀가 앞으로 빠지게 될 불행의 씨앗이었다.

하지만 그날 어렴풋이 드러난 그녀의 그 기질은 오히려 나를 매혹시켰다. 그녀의 부드러운 눈길, 불만을 토로하면서 드러내는 우수에 젖은 요염한 모습, 이따금 내뱉는 한숨, 이 모든 것이 나를 파멸로 이끌 운명의 힘이 되어 나를 밀어붙였다.

나는 앞뒤 재지 않고 그녀에게 단언했다. 내 가슴속에 불붙은 사랑을 믿는다면 내 말을 따라달라, 내 목숨을 걸고 그녀를 부모님의 강압에서 벗어나게 해주겠다, 그녀를 행복하게 해줄 자신이 있다고 말해버린 것이다.

그 순간을 생각할 때마다 나는 내가 그토록 침착하고 대담했다는 것이 믿기 어렵다. 신비로운 사랑의 힘이 그런 놀라운 기적을 낳았다고 말할 수밖에 없다. 나는 그녀에게 우선 어떤 일을 서둘러 처리해야 하는지 이것저것 일러줄 정도로 침착했다.

그때 그녀의 나이 든 하인이 곁으로 왔다. 나는 어찌할 바를 몰라 당황했다. 그런데 놀랍게도 그녀가 재치 있게 둘러대는 것이 아닌가? 그녀는 나를 즉석에서 사촌 오빠로 만들었다. 그녀는 나를 오빠라고 부르더니 수도원에는 내일 들어가도 된다, 이렇게 반갑게 만났는데 어떻게 저녁도 함께하지 않고 헤어질 수 있느냐고 아주 자연스럽게 말했다.

나는 눈치 빠르게 장단을 맞추었다. 나는 내가 잘 아는 여관이 이곳에 있다고 말했다. 그 여관 주인은 오랫동안 아버지의 마부로 일했으니 아주 성심껏 잘해줄 거라며 그녀에게 그곳에 묵으라고 권했다. 그녀는 내 말이 끝나기 무섭게 그러겠다고 했다.

그때 정원을 산책하던 티베르주가 우리 곁으로 왔다. 그는 그동안 무슨 일이 벌어졌는지 아무것도 알지 못했다. 나는 성실하고 경건한 그가 당연히 내 행동을 비난하리라고 생각하고 적당히 얼버무려서 그를 따돌렸다.

그날 나는 내가 더 이상 어린아이가 아님을 깨달았다. 나는 그전까지는 꿈조차 꾸지 못했던 쾌락에 눈을 떴고 감미로운 열정에 사로잡혔다. 그녀의 이름은 마농 레스코였다. 자신에게 그토록 강렬하게 사로잡힌 나를 보고 그녀는 기뻐서 어쩔 줄 몰라 했으며 나만큼 감동을 받은 것 같았다. 그녀는 내 덕택에 자유의 몸이 된다면 너무 감사할 것이며, 더없이 기쁠 것이라고도 말했다.

그녀는 나에 대해 알고 싶어 했다. 나는 모든 것을 말해주었다. 그녀의 집안은 썩 훌륭한 가문은 아니었지만 경제적으로는 그런대로 여유가 있었다. 그녀는 나처럼 훌륭한 가문 출신 남자를 애인으로 갖게 된 것을 자랑스럽게 여기는 것이 분명했다.

일단 우리의 사랑에 불이 붙었지만 둘이 함께 사는 방법은 막막하기만 했다. 아무리 생각해도 도망치는 것 외에는 방법이 없었다. 나는 밤사이에 역마차를 준비해놓기로 마음먹었다. 그리고 새벽녘 하인이 일어나기 전에 그녀가 내 숙소로 와서 함께 도망치자고 그녀에게 말했다. 그런 후 파리로 가서 결혼하면 다 잘 될 것이라고 생각했다. 그녀는 흔쾌히 동의했다. 나에게는 150프랑 정도의 돈이 있었고 그녀에게는 그 두 배

정도의 돈이 있었다. 우리는 그 정도 돈이면 충분하다고 생각했다. 우리는 그 돈이 영원히 없어지지 않을 것이라 생각할 정도로 철이 없었던 것이다.

나는 그녀와 함께 흐뭇한 기분으로 저녁을 먹은 후 숙소로 돌아왔다. 다음 날 고향으로 떠날 준비를 이미 하고 있었기에 별로 준비할 것도 없었다. 짐을 실어 보내고 새벽 5시까지 마차를 대기시키는 등 나는 필요한 일을 어렵지 않게 처리하고 잔뜩 들떠 있었다. 그러나 전혀 생각지도 않던 문제가 생겨 하마터면 모든 계획이 어긋날 뻔했다. 바로 티베르주 때문이었다.

티베르주는 나보다 세 살이 위였지만 우리는 더없이 친한 친구로 지냈다. 그는 내가 아름다운 마농을 만난 일, 그녀를 적극적으로 여관에 안내한 일, 게다가 자기를 자꾸 따돌리려는 태도를 보고 나를 의심했다.

10시가 되어 숙소로 돌아오자 그가 기다리고 있었다. 뭔가 작정하고 있는 모습이었다. 나는 좀 당황스러운 모습을 보였다. 그러자 그가 말했다.

"자네 평소와는 뭔가 태도가 달라. 내게 뭔가 숨기는 게 있는 것 같아."

나는 내 계획을 일일이 보고할 필요는 없지 않느냐고 퉁명스럽게 대답했다. 하지만 그는 쉽게 물러서지 않았다. 진정한 친구라면 서로 믿을 수 있어야 하고 정직해야 하지 않느냐고 나를 몰아붙였다. 하는 수 없이 나는 모든 것을 다 털어놓았다.

내 이야기를 듣는 동안 그가 얼마나 한심하다는 표정을 지었는지 모른다. 신중한 데다 품행이 올곧기 그지없는 그로서는 당연한 반응이었다. 나는 곧이곧대로 털어놓은 것을 후회하기 시작했다. 그는 나를 세차게 몰아붙였다. 그는 친구의 도리상 나를 그대로 내버려둘 수 없다고 했으며, 내가 마음을 돌려 어리석은 짓을 거두어들이지 않는다면 주변 사람들에게 폭로해서 나를 막겠다고 했다.

하지만 나는 이미 사랑의 포로가 되어 있었다. 그리고 사랑의 신은 내 편이었다. 나는 아직 그에게 당장 내일 그녀와 도망가겠다는 이야기는 하지 않았다. 나는 그럴듯하게 둘러댔다.

"이보게, 실은 내 희망을 말한 것뿐이야. 나는 그녀를 정말 사랑한다네. 그녀도 나를 사랑해. 하지만 말이 그렇지 도망간다는 게 어디 쉬운 일인가? 자네가 직접 그녀를 보고 판단해주면 좋겠어. 내일 아침 9시까지 와줄 수 있겠나? 내 애인을 소개해줄게."

그는 내게 거듭 다짐을 받은 후 자기 집으로 돌아갔다. 나는 밤새 출발 준비를 했다. 동이 틀 무렵 나는 마농이 묵고 있는 여관으로 갔다. 그녀는 모든 준비를 마치고 나를 기다리고 있었다. 그녀의 짐은 속옷 보따리뿐이었다. 우리는 미리 대기시켜놓은 역마차를 타고 재빨리 마을을 벗어났다.

여러분은 내게 속은 티베르주가 어떤 기분이었을까 궁금할 것이다. 미리 밝혀두지만 내가 그를 그렇게 배신했건만 그의 우정은 조금도 변하지 않았다. 그가 그 이후로도 내게 얼마나 깊은 우정을 보였는지를 생각하면, 그리고 그 우정에 대한 보답으로 내가 한 짓들을 생각하면 지금도 후회의 눈물이 앞을 가린다.

우리는 날이 저물기 전에 생드니에 도착했다. 우리는 부부처럼 행세했다. 우리는 남의 이목도 개의치 않고 애무를 나누었다.

그러나 우리가 결혼하려던 계획은 어긋나버렸다. 우리는 아직 성년이 아니었고 교회법은 우리의 결혼을 인정하지 않고 있었다. 하지만 그런 것은 아무 상관없었다. 우리는 우리의 사랑만으로도 충분했다.

나는 본래 경건한 사람이었다. 마농이 정숙하기만 했어도 나는 그녀를 변함없이 사랑하며 행복하게 살았을 것이다. 나는 그녀와 함께 지내면 지낼수록 점점 더 그녀에게 매혹되었다. 그녀는 재치가 있었고 마음씨도 고왔으며 정이 많았다. 그런 그녀의 모습은 강력한 쇠사슬이 되어 나를 꼼짝 못하게 묶어버렸고 나를 절대로 그녀에게서 떠날 수 없게 만들었다. 나는 내가 진정으로 그녀를 사랑하는 만큼 그녀도 내게 성실하리라고 믿었고, 완전한 사랑을 기대했다. 그 믿음과 기대 속에서 나는 한없이 행복했다.

하지만 나를 행복하게 만들었던 것이 결국 나를 절망에 빠뜨릴 수 있었다니! 나의 성실함이 나를 이 세상에서 가장 불행한 인간으로 만들고 말았던 것이다.

우리는 파리에 도착해 V 거리에 있는 가구가 갖추어진 집을 얻었다. 처음 몇 주 동안 나는 고향의 가족 생각도 까맣게 잊고 오로지 마농과의 사랑에 빠져 있었다. 하지만 그것을 내가 방탕에 빠진 것이라고 하면 절대로 안 된다. 나는 모든 것을 잊을 만큼 그녀를 열렬히 사랑하고 있었을 뿐이다.

그러나 시간이 흐르자 차츰 아버지에 대한 자식으로서 의무에 대해 생각하게 되었다. 나는 어떻게 해서든 아버지의 허락을 얻어야겠다고 생각했다. 나는 마농이 얼마나 슬기로운지, 그녀가 얼마나 착한 여자인지 아버지가 아신다면 아버지가 그녀를 받아들이리라고 생각했다. 현실적으로도 아버지 승낙 없이는 결혼이 불가능했다. 마농과 결혼하려면 아버지에게 마농을 보여주는 수밖에 없었다.

나는 내 생각을 마농에게 말했다. 그녀를 설득하기 위해 나는 아버지의 도움 없이는 우리의 생활이 어려울 수 있다는 구실도 내세웠다. 우리가 가지고 있던 돈이 바닥나가고 있었던 것이다.

마농은 내 제안에 대해 머뭇거렸다. 나를 잃어버리지 않을까 하는 두려움에서였다. 만일 아버지가 우리의 소원을 들어주지 않으면 어떻게 할 것인가, 공연히 우리가 살고 있는 곳을 알려준 꼴이 되지 않겠는가, 그렇게 되면 우리는 헤어질 수밖에 없지 않겠는가, 하는 것이 그녀의 생각이었다.

그녀가 반대하는 이유가 바로 사랑 때문임을 알고 나는 내 주장을 굽히고 말았다. 그녀는 아직 몇 주일 동안 지낼 정도의 돈은 남아 있으니 걱정 말라며, 시골 친척에게 편지를 보내 도움을 청하겠다고 말했다. 그러면서 그녀는 사랑스럽게 나를 애무했다. 나는 다시 오로지 그녀의 품안에서만 살 수 있는 남자로 되돌아왔다.

그런 일이 있은 지 얼마 지나지 않아서였다. 식탁이 전보다 풍성해지고 그녀의 몸치장이 화려해졌다. 나는 놀라지 않을 수 없었다. 우리에게는 기껏해야 100프랑 정도의 돈밖에 남지 않은 것을 알고 있었기에 돈의 출처가 궁금했다. 그녀는 내게 웃으며 말했다.

"걱정 말아요. 돈이란 건 돌고 도는 거예요."

그 말을 듣고도 나는 아무런 불안감을 느끼지 않았다. 그녀를 향한 내 사랑은 그만큼 단순했고 순수했다.

그러던 어느 날이었다. 나는 좀 늦게까지 볼일이 있으리라고 그녀에게 말하고 외출했다. 그런데 예상보다 일찍 집으로 돌아오게 되었다. 문을 두드리니 하녀가 문을 이삼 분 늦게 열었다. 나는 그녀에게 왜 이렇게 문을 늦게 열었느냐고 물었다. 그녀는 무척 당황하며 문 두드리는 소리를 듣지 못했다고 대답했다.

"문 두드리는 소리를 못 들었다면 어떻게 알고 문을 열러 나온 거지?"

그녀는 자기 잘못이 아니라고 발뺌을 하더니 사실은 안주인의 분부로 그런 것이라고 털어놓았다. 이웃에 사는 B 씨가 계단으로 몰래 빠져나갈 때까지 문을 열지 말라고 마농이 시켰다는 것이었다. 이웃에 사는 B 씨? 우리 이웃에 유명한 세금 징수인 B 씨가 살고 있다는 사실이 떠올랐다.

이게 도대체 무슨 일이란 말인가? 마농이 외간 남자를 끌어들여? 너무 기가 막혀 집으로 들어갈 용기조차 나지 않았다. 나는 하녀에게 곧 돌아올 거라고 말하고 다시 밖으로 나갔다. 그리고 나한테 B 씨에 대한 이야기를 했다는 말을 마농에게 절대 하지 말라고 일렀다.

나는 너무 놀라 어찌할 바를 모른 채 계단을 내려왔다. 눈물이 하염없이 볼을 타고 흘러내렸다.

나는 제일 먼저 눈에 들어온 주점으로 들어갔다. 방금 들은 이야기를 도저히 믿고 싶지 않았다. 그냥 환각이라고 넘겨버리고 싶었다. 그녀의 배신에 절망하다가도 그녀를 의심하고 있는 나 자신을 비난하기도 했다.

'아니야, 그녀가 날 배신할 리가 없어. 내가 오로지 자신만을 사랑하고 자신만을 위해 살고 있는 걸 알잖아. 절대로 나를 배신할 리 없어.'

그러나 B 씨가 집에서 몰래 빠져나간 건 틀림없는 사실 아닌가? 게다가 우리 형편에 넘치는 물건들을 그녀가 사들이곤 했던 것을 어떻게 설명할 수 있단 말인가?

하지만 나는 곧바로 그런 생각들을 반박했다.

'파리에 온 뒤로 내가 한시라도 그녀에게서 눈을 뗀 적이 있었나? 일할 때건, 산책할 때건, 연극 관람을 할 때건 우리는 늘 함께 있었는데 언제 딴 남자를 만나 마음을 줄 수 있었겠어?'

나는 내 편한 대로 시나리오를 만들었다. 아니, 그럴 수밖에 없었다.

'그래, B 씨는 발이 넓은 사람이야. 마농의 친척과 아는 사이인 게 틀림없어. 마농의 친척이 그녀에게 돈을 전해주라고 그에게 부탁했겠지. 마농은 나를 깜짝 놀라게 하려고 이제껏 숨겼을 거야.'

그렇게 생각하니 근심과 불안이 싹 사라졌다. 나는 이내 집으로 돌아갔다. 그녀는 여느 때와 다름없이 반갑게 나를 맞아주었다. 나는 내 추리가 맞았다고 확신했다. 나는 먼저 그녀에게 말을 꺼내고 싶어 입이 근질근질했지만 꾹 참았다. 그녀가 먼저 모든 것을 말해주리라고 기대하고 있었던 것이다.

저녁 식사 때가 되었다. 나는 그녀가 모든 것을 밝혀주리라 기대하며 가벼운 마음으로 식탁에 앉았다. 그러나 촛불에 비친 그녀의 눈을 보니 뭔가 슬픈 것 같았다. 그녀의 시선도 평소와는 달랐다. 우리는 식사도 하지 않은 채 말없이 앉아 있었다. 그런데 그녀의 아름다운 눈에서 눈물이 흐르는 것이 아닌가!

그녀가 눈물을 흘리는 것을 보자 나는 떨리는 목소리로 외쳤다.

"오, 마농, 왜 눈물을 흘리는 거야? 무슨 괴로운 일이라도 있어? 눈물을 흘릴 정도로 괴로우면서 왜 그 이유를 내게 한

마디도 해주지 않는 거야?"

마농은 한숨만 내쉴 뿐이었다. 나는 더욱더 불안해졌다. 그녀가 아무 말이 없자 나는 일어났다. 그리고 그녀가 눈물을 흘리는 이유를 말해달라고 애원했다. 그녀의 눈물을 닦아주다 보니 나도 눈물이 나왔다.

그때였다. 계단을 올라오는 사람들의 발자국 소리가 들렸다. 곧이어 누군가 문 두드리는 소리가 났다. 그러자 마농이 자리에서 일어나 내게 입을 맞추더니 재빨리 자기 방으로 들어가 문을 잠그는 것 아닌가! 나는 자신의 흐트러진 모습을 손님에게 보이기 싫어 숨는 것이려니 애써 생각을 가다듬고는 문을 열어주었다. 그런데 문을 열자마자 세 남자가 들어서더니 나를 꽉 붙잡는 것 아닌가!

얼굴을 보니 아버지의 하인들이었다. 그들은 무례한 행동을 용서해달라며 말했다.

"어르신의 명령이십니다. 저 아래 마차에서 도련님의 형님이 기다리고 계십니다."

나는 당황한 채 저항도 못하고 끌려 나갔다. 마차 안에서 정말로 형이 우리를 기다리고 있었다. 그들이 나를 형 곁에 앉

히자 마차는 재빠르게 생드니를 향해 달렸다. 형은 나를 가만히 안아주었을 뿐 말 한마디 없었다. 도대체 무슨 일이 벌어진 것일까?

아무리 생각해도 배신당한 것이 분명했다. 그것도 아주 잔인하게 배신당한 것이다. 그렇다면 도대체 누가 나를 배신했단 말인가? 제일 먼저 떠오른 얼굴은 친구 티베르주였다.

'이런 식으로 친구를 배신하다니! 만일 그렇다면 널 가만두지 않을 거야.'

나는 속으로 이를 갈았다. 하지만 그는 내가 어디 사는지조차 모르지 않는가? 내 주소도 모르면서 어떻게 이런 짓을 저지를 수 있단 말인가? 그렇다면 마농의 짓일까?

나는 곧 세차게 고개를 가로저었다.

'아니, 내가 마농을 의심하다니! 하지만 그녀가 왜 그렇게 슬픈 표정을 지었을까? 왜 눈물을 흘렸을까? 왜 물러가면서 키스를 했을까? 아냐, 그녀일 리가 없어. 여자의 직감으로 이런 불행한 일을 자신도 모르게 예감했던 걸 거야. 지금 그녀가 나보다 더 슬퍼하고 있을 거야.'

그만큼 나는 순진했다. 나는 마음속으로 이렇게 정리했다.

'그래, 내 얼굴을 아는 사람이 우연히 파리에서 나를 보고는 아버지에게 알렸을 거야.'

그러자 점점 더 그럴 것이라는 확신이 들었다. 그리고 그 편이 훨씬 타당성이 있었다. 그렇게 가닥을 잡으니 마음이 약간은 가벼워졌다. 비록 마농과 잠시 헤어지지만 다시 만날 수 있을 것 같아서였다.

'그래, 아버지께서 나를 꾸짖기는 하시겠지만 결국 내 편을 들어주실 거야. 결국 내 사랑을 받아들이실 거야.'

나는 그렇게 철없는 희망을 간직한 채 생드니로 끌려갔다.

2

우리는 곧 생드니에 도착했다. 그리
고 그곳에서 하루를 묵은 후 새벽에 출발하여 이튿날 저녁 집
에 도착했다. 형이 먼저 아버지를 뵙고 내가 얌전하게 따라왔
다고 좋게 말해주었다. 그 때문인지 아버지도 그렇게 아무 말
없이 사라지면 어떻게 하느냐고 가볍게 책망을 하셨을 뿐 크
게 화를 내지 않으셨다. 마농에 관해서도, 내가 본래 신중한
성격임을 믿고 계신다며, 이번 일을 거울삼아 앞으로는 좀 더
현명하게 처신하라고만 하셨을 뿐이었다.

나는 너그럽게 용서해주셔서 감사하다고 말씀드렸다. 그리
고 이제부터 모범적인 생활을 하겠다고 약속했다. 말은 그렇

게 하면서도 나는 마음속으로 쾌재를 불렀다. 아버지가 이렇게 너그럽게 대해주시니, 감시도 별로 심하지 않으리라고 생각한 것이다. 나는 날이 새기 전에 집을 빠져나갈 수 있으리라고 생각하고 느긋했다.

저녁 식사 때 모두들 식탁에 둘러앉았다. 식구들은 내가 마농과 도망간 일을 두고 나를 놀려댔다. 하지만 별로 기분이 나쁘지 않았다. 내 마음을 온통 사로잡고 있는 그녀 이야기를 이렇게 화젯거리로 삼을 수 있다는 것이 오히려 반갑기도 했다.

그런데 아버지 입에서 튀어나온 이름 하나에 내 신경이 곤두섰다. 아버지께서 느닷없이 말씀하신 것이다.

"여자의 마음은 변하기 마련이지. B 씨가 그걸 다 알고 협박한 거야."

나는 어리둥절한 표정을 지으며 아버지께 좀 더 자세히 설명해달라고 말씀드렸다. 그러자 아버지는 형을 바라보시며 아직 자세한 이야기를 안 해주었느냐고 묻는 듯한 표정을 지으셨다. 아버지도 이야기를 할까 말까 망설이시는 눈치였다. 내가 간청을 하자 드디어 아버지가 입을 여셨다. 내 가슴에 비수를 꽂는 놀라운 이야기였다.

"얘야, 네 애인이 언제까지나 너를 사랑하리라고 믿었느냐?"

"아버지, 전 단 한 번도 의심해본 적이 없습니다."

"허허……."

아버지는 어이없다는 듯 웃으시더니 말씀하셨다.

"너라는 아이는, 참……. 너 정말로 바보로구나. 아주 귀여운 바보. 그렇게 세상 물정을 몰라서야, 원. 어이, 철없는 기사님, 네 애인이 너를 사랑한 건 불과 열이틀 정도인 걸 모르겠니?"

나는 어안이 벙벙했다. 아버지가 마농의 마음속에 들어가보셨단 말인가? 어떻게 딱 열이틀의 계산이 나올 수 있단 말인가?

아버지가 계속 말씀하셨다.

"자, 계산해보자. 내가 알기로는 네가 아미앵을 떠난 게 지난 달 28일이지? 오늘이 29일이니까 꼭 31일이 되었다. 그런데 B 씨가 내게 편지를 보내온 게 11일 전이니 11일은 빼자. 그리고 네 애인이 너를 좋아하게 되는 데는 적어도 8일은 걸리겠지? 그러니 31일에서 19일을 빼면 12일이 남는 셈 아니냐? 뭐, 하루 이틀 정도 차이는 있겠지만…….”

아버지의 말씀에 모두들 폭소를 터뜨렸다. 나는 너무 충격을 받아 아버지 말씀이 귀에 들어오지 않을 지경이었다. 하지만 정신을 차리고 아버지 말씀에 귀를 기울였다.

“너 정말 아무것도 모르는구나. 내 가르쳐주마. B 씨가 어떻게 네 공주님에게 손을 뻗쳤는지 말이다. 그 친구가 내게 연락을 했단다. 뭐, 나를 생각해서 네 애인을 빼앗을 마음을 먹었다나? 원, 알지도 못하는 자가 내 생각을 그렇게 해주다니! 실은 그자가 네 공주님에게 눈독을 들인 거다. 어느 날 네가 내 아들이라는 사실을 그 여자한테서 들었다고 하더라. 그 여자를 자기 것으로 만들려면 귀찮은 너를 떼버리는 게 상책이라고 생각한 모양이지. 내게 너의 방탕한 생활에 대해 세세히 알려 왔더라. 그리고 우리가 너를 붙잡을 수 있도록 협조해주겠다고 했지. 네 형이 그렇게 쉽게 너를 잡을 수 있었던 건 그자와 네 애인이 미리 공모했던 덕분이야. 어이, 귀여운 기사 양반, 사랑의 승리 기간이 참 길기도 하지? 정복은 빨랐어. 하지만 그 전리품을 오래 간직하지는 못하게 됐군.”

나는 아버지의 말을 더 들을 기운이 없었다. 나는 식탁에서 일어나 밖으로 나가려 했다. 하지만 서너 걸음도 채 옮기지 못한 채 바닥에 쓰러져버렸다. 아버지는 곁으로 오셔서 나를 위로해주셨다. 나는 아버지 무릎에 매달려 나를 제발 파리로 보내달라고 간청했다. 그놈의 B를 단칼에 찔러 죽이고 싶어서였다.

"아버지, 그럴 리 없습니다. 마농이 그자의 유혹에 넘어갔을 리 없습니다. 마약이나 무슨 비열한 방법을 써서 그녀를 굴복시켰겠지요. 폭력을 썼을지도 몰라요. 칼을 들이대며 나와 헤어지라고 협박했을 거예요."

너무나 흥분해서 파리로 돌아가겠다고 떼를 쓰는 나를 아버지는 하인 두 명을 시켜 감시하게 하셨다. 나는 감시하는 하인들을 협박도 하고 회유도 해보았지만 아버지의 엄명을 받은 그들은 끄떡도 하지 않았다. 모든 희망을 잃은 나는 죽기로 결심하고 이틀 동안 자리에 누워 꼼짝 않고 지냈다. 음식도 입에 대지 않았다.

그렇게 며칠이 지나자 나를 걱정하신 아버지가 찾아와 위로하시는 한편 음식을 들라고 엄하게 말씀하셨다. 어쨌든 나는 패륜아는 아니었다. 나는 아버지 말씀에 순종해서 음식을 조금 들고 기운을 차렸다. 아버지는 마농은 믿을 만한 여자가 아니라는 여러 가지 이유를 대며 계속 나를 납득시키려고 애쓰셨다. 하긴, 내게도 마농을 믿을 수 없다는 마음이 점차 들기 시작하고 있었다. 그토록 경박한 여자를 어떻게 믿을 수 있단 말인가? 그럼에도 불구하고 그녀의 얼굴은 내 마음 깊은 곳에서 결코 지워지지 않았다. 나는 혼자 중얼거리곤 했다.

"차라리 죽어버리고 싶어. 마농을 잊는 게 죽는 것보다 더 힘들어."

아버지는 그런 내 모습을 보고 충격을 받으신 것 같았다. 하지만 아버지는 내가 마농을 진정으로 사랑한다는 생각은 하지 못하셨다. 아버지는 내게 여자를 좋아하는 본성이 숨어 있다가 터져 나온 것이라고 판단하시고는 이렇게 말씀하셨다.

"이봐, 기사 양반, 난 방금까지도 네가 명예로운 기사가 되었으면 했다. 그런데 너는 기사에 걸맞은 기질은 아닌 것 같구나. 네가 그렇게 여자를 좋아하는 줄은 몰랐어. 내가 네 마음에 쏙 드는 여자를 하나 골라주마. 그러니 마농은 그만 잊어."

그러면서 아버지는 나를 형에게 넘겨준 여자가 바로 마농이라고 못을 박듯이 말씀하셨다. 마농이 B 씨와만 공모한 게 아니라 형과도 공모했다는 것이었다. 그러니 앞으로 그 여자 이름은 절대 입 밖에 내지 말고 깨끗이 잊으라고 충고하셨다. 아버지 말씀은 구구절절이 옳았다. 나도 그 사실을 잘 알고 있었다. 하지만 그 사실을 안다고 해서 마음이 정리될 수는 없었다. 나는 정말 맹목적으로 마농을 사랑하고 있었던 것이다.

나는 눈물을 흘리며 아버지에게 말했다.

"아버지, 제가 이 세상에서 가장 비열한 여자에게 당했다는 걸 이제 저도 잘 알겠습니다. 제가 너무 철이 없어 그런 인간들에게 당한 거지요. 하지만 이대로 있을 수는 없어요. 전 복수도 못 할 정도로 나약하지는 않거든요."

"그래, 어떻게 하겠다는 거냐?"

"파리로 가야겠어요. 가서 B의 집에 불을 지르는 거지요. 그놈을 부정한 마농과 함께 태워죽이겠어요."

아버지는 어이없다는 표정을 지으셨다. 돌아온 소득이란 감시가 더 강화되었다는 것뿐이었다. 나는 이층에 있는 구석방에 처박혀 반년을 지낼 수밖에 없었다. 나는 마농을 향한 사랑과 증오, 희망과 절망 사이를 오락가락하며 지냈다. 아무리 그녀를 미워하려 해도 그녀가 가장 사랑스러운 여자라는 것은 틀림없었다. 그럴 때면 그녀를 만나고 싶은 욕망에 불타 올랐다. 어떨 때는 그녀가 이 세상에서 가장 비열한 여자, 가장 부도덕한 여자로 여겨지기도 했다. 그럴 때면 그녀를 꼭 만나 욕을 보이고야 말겠다는 복수심에 불타기도 했다.

그런 나를 겨우 가라앉힌 것은 책이었다. 나는 내가 좋아하는 작품들을 반복해서 읽으면서 마음의 안정을 얻었고 학문에 대한 흥미를 되찾았다. 나는 베르길리우스의 『아이네이스』를 읽으면서 "아, 아이네이아스를 향한 디도 여왕의 사랑! 디도의 마음이 바로 내 마음일 거야"라고 중얼거리기도 했다.

그러던 어느 날, 나의 감옥에 티베르주가 찾아왔다. 놀랍게도 그는 나를 뜨겁게 포옹해주었다. 나는 그가 내게 보여준 진실한 우정에 진정으로 감사했다. 사랑에 눈이 멀어 그를 따돌렸던 내가 아니었던가? 반년 사이에 그는 더 성숙해 있었다. 그의 말투, 그의 행동 하나하나에 진실과 성실함이 그대로 드러나 보였다. 나는 그에 대한 존경심마저 들었다.

그가 말했다.

"사랑하는 나의 기사, 내가 지금부터 자네에게 하는 말은 정말이지 진심에서 하는 말이라네. 이보게, 나도 인간일세. 나도 자네 못지않게 쾌락에 끌려. 하지만 나는 하느님의 힘으로 속세의 쾌락보다는 더 높은 것을 추구하며 산다네. 그럼에도 나는 이 속세를 떠나지 않고 있어. 왜 그런지 아나? 무엇이 속세를 떠나려는 나를 가로막고 있는지 아나? 바로 자네를 향한 우정일세.

나는 자네가 마음씨도 착하고 머리도 뛰어나다는 걸 잘 알고 있네. 자네는 남에게 선행을 베풀 수 있는 사람일세. 쾌락이라는 독약이 잠시 자네를 그 길에서 멀게 했을 뿐이지. 아미앵에서 자네가 사라진 후 내가 얼마나 괴로워했는지 자네는 모를 거야."

그는 자기가 나를 찾기 위해 파리를 6주간이나 헤매었다는 이야기도 해주었다. 내가 갈 만한 곳은 다 가보았다고 했다. 이야기 도중 그는 마농 이야기를 했다. 나를 찾아 헤매다가 코메디프랑세즈 극장 앞에서 눈부시게 화려한 장신구로 치장한 마농을 보았다는 것이다. 그는 그녀의 뒤를 밟았고 그녀가 B 씨와 함께 지내고 있다는 것도 알아냈다는 것이다.

그가 말을 이었다.

"그뿐이 아니라네. 내가 직접 그녀를 만났다네. 자네 소식을 듣기 위해서였지. 그런데 자네 이름이 나오자마자 그녀는 자리를 떠버리더군."

"정말로 자네가 마농을 만났단 말인가? 아, 나는 두 번 다시 그녀를 볼 수 없게 되었는데! 자네가 나보다 훨씬 더 행복한 사람이군."

나는 한숨을 내쉬며 말했다. 그는 아직도 그녀에 대한 미련을 떨치지 못하고 있는 내 모습을 보고 나를 책망했다. 그러는 한편 내가 본래 훌륭한 성품과 자질을 지닌 사람이라며 나를 추켜세우기도 했다. 모든 것이 그의 진실한 마음에서 나오는 소리였다. 그 마음씨가 나를 움직였다. 나는 속으로 생각했다.

'그래, 나도 이 친구처럼 지상의 쾌락을 다 버리고 성직자가 될 거야.'

그 후 서서히 내 마음속에 신앙심이 자리를 잡기 시작했다. 나는 결심했다.

'그래, 기독교인으로서 소박하게 생활하는 거야. 학문과 종교에 대한 열정으로 사랑의 쾌락 따위는 지워버리는 거야. 그래야 내 안의 불안도 사라질 수 있을 거야.'

그렇게 결심하고는 내가 누리게 될 조용한 은둔 생활을 마음에 그리기도 했다.

'그래, 뒤로는 조용한 숲이 있고 뜰 앞에 시냇물이 조용히 흐르는 인적 없는 집에 사는 거야. 서재에는 내가 직접 고른 좋아하는 책들만 꽂아놓고 마음이 맞는 몇 사람의 벗만 사귀며 사는 거야. 그렇게만 된다면 나는 더없이 행복할 거야. 더 이상 바랄 것이 없을 거야.'

그사이 티베르주는 여러 번 내게 찾아와 내 장래 계획에 대해 상의를 하는 한편 내게 용기를 주었다. 나는 나의 계획을 아버지에게 말씀드렸다. 아버지는 내가 장차 어떤 길을 택하든 전적으로 내게 맡기고 당신은 옆에서 도움만 주시겠다고 말씀하셨다.

이제 신학기가 다가오고 있었다. 나는 티베르주와 의논한 끝에 생쉴피스 신학교에 들어가기로 했다. 티베르주는 신학 공부를 마치기 위해서였고 나는 신학 공부를 시작하기 위해서였다. 아버지는 내가 잘못된 열정에서 빠져나온 것이 반가워서 두말 않고 허락하셨다.

우리는 파리에 도착했다. 나는 수도복을 입고 학업에 몰두했다. 그리고 불과 몇 달 만에 눈부신 성취를 이룰 수 있었다.

생쉴피스 교회

1739년 발간된 「튀르고 지도」에 실린 생쉴피스(Saint-Sulpice) 교회 모습. 「튀르고 지도」는 당시 파리 시장 미셸에티엔 튀르고의 지시로, 파리 전체를 20등분하여 하늘에서 내려다본 모습으로 그린 대단히 정확하고 정밀한 지도다. 데 그리외가 다닌 신학교를 운영하는 생쉴피스 교회는 파리 중심부에 있는 로마가톨릭교회로, 교회 건물은 13세기에 처음 세웠다가 1646년에 새로 지었다.

제1부

51

나는 밤낮으로 공부에 몰두해서 빛나는 학문적 명성도 얻었으며 머지않은 장래에 큰 성취를 얻으리라는 찬사도 받았다. 하느님에 대한 신앙도 한결 깊어졌으며 정성을 다해 마음을 닦았다. 그런 내 모습을 보고 티베르주가 자기 일처럼 기뻐했음은 물론이다.

이제까지 나는 인간의 결심이 변하기 쉽다는 것을 당연하게 생각했었다. 결심은 결국 정열에서 나오는 것 아닌가? 그리고 하나의 정열이란 또 다른 정열에 의해 죽어버리기 마련 아닌가? 그러니 아무리 굳은 결심이라도 결국 다른 결심에 자리를 내줄 수 있는 것 아닌가? 하지만 성직자의 길을 가겠다는 내 굳은 결심은 결코 변하지 않으리라고 다짐했다. 나는 생각했다.

'하느님의 신성한 뜻이 나를 생쉴피스로 인도한 것 아닌가? 그렇기에 나는 그 뜻을 실천하면서 하느님이 내리신 기쁨을 맛보고 있는 것 아닌가? 하느님의 은총으로 입은 내 결심을 버린다는 건 상상할 수 없어! 도대체 하느님의 뜻과 권능을 저버리게 만들 만한 정열이 존재할 수 있단 말인가! 그런 배반이 도대체 가능하단 말인가?'

나는 배반이라는 단어를 생각한다는 것만으로 두려움에 몸을 떨었다.

나는 어리석은 사랑의 애욕에서 벗어났다고 진심으로 믿고 있었다. 아무리 강한 관능적 쾌락의 유혹이라도 성 아우구스티누스의 책 한 쪽을 읽으면서 느끼는 기쁨, 명상을 하면서 얻는 만족에 비할 바가 아니라고 자신하고 있었다. 설령 그 쾌락을 향한 유혹이 마농으로부터 온 것이라 할지라도 나는 조금도 흔들리지 않을 자신이 있었다.

그러나 그건 나의 착각이었다. 나는 일순간에 다시 낭떠러지로 떨어졌다. 그리고 도저히 구제불능인 인간이 되었다. 나는 겨우겨우 기어 나온 수렁으로 순식간에 다시 굴러 떨어졌을 뿐 아니라 그 수렁은 이전보다 훨씬 더 깊고 어두워서 도저히 빠져나오기 어려웠다.

파리에서 1년 가까이 지내는 동안 나는 마농의 소식은 전혀 듣지 못했다. 처음부터 마농 생각이 나지 않았다면 거짓이다. 하지만 그때마다 티베르주의 충고를 생각하며 그녀를 잊으려 애썼고 스스로도 끊임없이 경계심을 잃지 않았다. 그렇게 몇 달이 흐르자 이제는 그 귀엽고 사랑스러운 여자를 완전히 잊었다고 믿게 되었다.

이 무렵 나는 소르본 대학에서 공개 발표를 하게 되었다. 신학교 시험의 일환이었다. 나는 각계 명사들에게 참석의 영광을 베풀어줄 것을 간청하는 편지를 보냈다. 그런데 무슨 운명의 장난이란 말인가! 그 공개 발표 소식이 부정한 여인, 마농의 귀에도 들어간 것이다.

나는 그녀가 그 자리에 왜 왔는지 확실하게 말하기 힘들다. 나를 배신한 데 대한 후회 때문이었을지, 아니면 단순한 호기심에서였을지 알 수 없었지만 그녀는 대학에 와서 내 발표회를 참관했다. 하지만 나는 그녀가 그곳에 왔으리라고는 꿈에도 생각하지 못했다. 여자들은 촘촘한 격자로 가려진 자리에 앉게 되어 있어서 얼굴을 볼 수 없었기 때문이었다. 그날 나는 열렬한 박수갈채를 받았다. 나는 흡족한 마음으로 생쉴피스 신학교로 돌아왔다.

바로 그날 저녁 6시 무렵이었다. 웬 여자가 나를 찾아왔다는 전갈을 받았다. 나는 면회실로 갔다. 아, 이 얼마나 놀라운 일인가! 마농이 거기에 있었던 것이다! 틀림없는 마농이었다.

게다가 그녀는 전에 보았던 모습보다 훨씬 아름답고 매혹적이었다. 꽃다운 나이 열여덟 살! 섬세하고 부드러우며 매력이 넘치는 사랑의 화신 그 자체였다!

나는 그만 넋을 잃고 말았다. 나는 아무 말도 하지 못한 채 몸을 떨며 눈을 내리깔고 있었다. 그녀도 말이 없었다. 그러나 내 침묵이 길어지자 그녀가 눈물을 흘리며 입을 열었다. 그녀는 떨리는 목소리로 말했다.

"부정을 저지른 나를 미워하는 건 당연해. 내가 나빴어. 하지만 나를 진정으로 사랑한다면 당신도 너무했어. 어떻게 두 해 동안이나 내 소식을 알아보지도 않을 수 있는 거지? 너무 야속한 거 아냐? 게다가 나를 이렇게 눈앞에 두고도 어떻게 아무 말이 없을 수 있는 거야?"

말을 마친 후 그녀는 자리에 앉았다. 나는 몸을 모로 돌린 채 여전히 서 있었다. 감히 그녀의 얼굴을 바라볼 용기가 나지 않았다. 입을 열려 해도 입술이 떨어지지 않았다.

마침내 내가 용기를 내어 외쳤다.

"아, 마농! 부정한 마농!"

나의 말을 듣고 그녀는 눈물을 흘렸다. 그녀가 울먹이며 말했다.

"그래, 내가 잘못했어. 변명하고 싶은 생각은 조금도 없어."

"그럼 도대체 여긴 왜 온 거야?"

내가 목소리를 높여 물었다.

"난, 난 죽어버릴 거야. 만약 당신의 사랑을 다시 받을 수 없다면……. 아, 당신의 사랑 없이는 살 수가 없단 말이야!"

그녀의 그 말에 나는 그만 폭발해버렸다. 분노가 폭발한 것이 아니라, 내가 이제 사라졌다고 착각했던 그녀를 향한 사랑이 폭발한 것이다.

"아, 마농! 그런 끔찍한 말을 하다니! 당신이 죽느니 차라리 내 목숨을 가져가! 당신에게 줄 건 내게 남은 이 목숨 단 한 가지밖에 없으니까! 단 하루라도 내 마음이 당신을 향하지 않은 적은 없었어!"

그랬다! 일순간에 나의 공부도, 나의 신앙도 물거품이 되었다. 그녀의 모습을 보는 순간 그동안 내가 얼마나 큰 착각 속에 살고 있었는지 단번에 깨달을 수 있었다. 나는 그녀를 단 하루도 잊은 적이 없었던 것이다!

내 말이 끝나자마자 마농은 일어서서 나를 끌어안았다. 그리고 그녀는 내게 뜨거운 애무를 퍼부었다. 하지만 나는 그런 격정의 물결에 쉽게 뛰어들 수 없었다.

'아, 나는 지금까지 얼마나 평화롭게 지냈는가! 그런데 이 무서운 물결에 또 휩쓸리려 하고 있다니!'

깊고 깊은 밤, 인적 없는 벌판에 홀로 서 있는 기분이었다. 나는 이루 말할 수 없는 공포에 휩싸였다.

어느 정도 시간이 지나고 주변을 차분히 둘러본 후에야 겨우 진정이 되었다. 나는 그녀와 나란히 앉은 후 그녀의 손을 감싸 쥐고 말했다.

"마농! 나의 진정한 사랑이 그렇게 배반이 되어 돌아오리라고는 정말 꿈에도 생각 못 했어. 나를 속이기는 정말 쉬웠을 거야. 나는 오로지 당신을 즐겁고 행복하게 해주어야 한다는 생각밖에 없었으니까. 마농, 나를 그리워한 적이 한 번이라도 있었어? 그렇다면 말해줘. 오늘 이렇게 돌아왔으니 그 마음이 변치 않으리라고 내가 믿어도 된다고 말해줘."

그녀는 진정으로 후회한다고 거듭 말했으며 다시는 부정을 저지르지 않겠다고 수없이 맹세했다. 나는 그녀의 약속에 감동하고 말았다. 급기야 그녀에게 다음과 같이 말해버렸다.

"마농, 당신은 내게 정말 너무 귀한 존재야. 당신이 내 여자라는 것, 그건 너무 영광스러운 일이야. 나는 지금 승리감에 몸 둘 바를 모르겠어. 내가 이곳 생쉴피스에서 얻은 행복과 자유는 한갓 허상일 뿐이야. 이제 확실히 알겠어. 내가 당신을 위해 모든 행복과 명예를 버릴 준비가 되어 있다는 것을! 당신의 사랑이 모든 걸 다 보상해줄 거야. 당신의 사랑으로 보상해주지 못할 건 이 세상에 없어. 수도자가 되겠다는 내 계획은 어리석은 망상이었어. 당신과 함께하지 못하는 행복은 결국 다 헛것에 불과할 뿐이야."

나는 그녀의 잘못에 대해 깡그리 잊겠다고 말하면서도 한 가지 궁금한 것은 묻지 않을 수 없었다. 그래서 그녀가 어떻게 B 씨의 유혹에 넘어갔는지 물어보았다. 그녀는 울먹이며 그간의 사정을 털어놓았다.

어느 날 창가에 서 있는 그녀의 모습을 보고 B 씨가 반해버렸다. 그는 세무 징수원답게 그녀의 사랑에 돈으로 보답하겠다며 그녀를 유혹했다. 그녀는 단번에 그 유혹에 넘어갔다. 돈이 문제였다. 그녀는 우리의 안락한 생활을 보장해줄 돈을 그에게서 끌어낼 심산이었다. 하지만 그 대가로 그가 요구한 것은 그녀가 생각한 것보다 훨씬 지나친 것이었다. 게다가 엄청난 물질적 보상은 그녀가 빠져나오기 힘든 덫이 되어버렸다.

그녀는 마지막으로 털어놓았다. B의 품안에서 풍족한 생활을 하면서도 행복을 느낀 적은 한 번도 없었다고, 그럴수록 나를 향한 사랑을 더 절실하게 느꼈으며, 자신이 저지른 짓에 대한 후회와 죄책감에 사로잡혀 지냈다고.

그녀는 우연히 알게 된 내 발표회에 와서 내 발표와 토론을 듣는 동안 얼마나 가슴이 울렁거렸는지, 터져 나오는 울음을 참느라 얼마나 힘들었는지 울먹이며 말했다. 자기가 나를 얼마나 사랑하는지 확인할 수 있었으며, 내가 용서해주지 않으면 그대로 죽을 결심이었다고 말했다.

그녀의 그런 감동적인 참회와 사랑의 고백 앞에서 흔들리지 않을 남자가 어디 있겠는가! 마농을 위해서라면 어떤 명예도, 어떤 출세도 마다할 수 있는 심정이었다.

그녀가 말했다.

"내게 지금 6만 프랑이 있어. 그리고 그 사람한테서 우려낸 보석들도 있어. 그거면 파리 근처에서 우리 둘이 함께 지낼 수 있을 거야."

나는 그길로 그녀와 함께 생쉴피스 신학교를 나왔다. 그녀는 자기 집으로 가서 귀중품과 옷가지를 챙겨 하녀 한 명과 함께 돌아왔고, 우리는 마차를 타고 파리 근교인 샤이요로 갔다. 그리고 그곳에 우리가 살 보금자리를 얻었다.

우리는 너무 행복했다. 마농이 너무나 사랑스럽고 다정하게 대해주어 나는 그동안의 고통을 모두 보상받는 기분이었다. 우리는 지난날의 잘못을 다시 범하지 않기 위해 절약하기로 약속했다. 6만 프랑이 적은 액수는 아니었지만 우리가 평생 먹고살아가기에는 부족했다. 내가 말했다.

"아껴 쓰면 10년은 충분히 살 수 있을 거야. 이곳은 생활비가 파리보다 덜 드니까, 1년에 6,000프랑이면 살아갈 수 있을 거야. 당신이 오페라를 좋아하니까 일주일에 두 번쯤 가기로 하고 유흥비는 최대한 줄이자. 10년 후면 우리 집안에도 무슨 변화가 있겠지. 아버지가 연로하시니 돌아가실지도 모르고. 내가 상속을 받으면 아무 걱정 없이 살 수 있을 거야."

그러나 우리는 우리의 결심을 채 한 달도 지키지 못했다. 마농은 기본적으로 삶을 즐기는 스타일이었다. 거의 열광적이라고 하는 편이 옳을 것이다. 나도 그녀를 위해 그런 식으로 행동했다. 그녀가 돈을 물 쓰듯 해도 말리기는커녕 그녀가 좋아할 만한 것을 앞장서서 사주었다.

게다가 마농은 곧 샤이요의 집을 답답하게 여겼다. 시골 생활이 답답하게 여겨졌던 것이다. 마농은 파리에 집을 얻고 싶어 했다. 하지만 파리에 살다가는 누군가에게 들킬 염려가 있었기에 나는 반대했다. 하지만 결국 그녀의 뜻을 따를 수밖에 없었다. 우리는 파리에 가구 딸린 방을 하나 빌렸다. 일주일에 몇 번 정도 파리의 모임에 갔다가 늦으면 그곳에 묵기로 한 것이다. 결국 우리는 집을 두 채나 갖게 되었다. 그 결과 우리는 우리를 파멸로 이끌 사건을 맞게 되었고, 우리의 생활은 엉망이 되고 말았다.

3

마농에게는 근위병으로 근무하는 오빠가 한 명 있었다. 우연히도 그는 우리와 같은 마을에 살고 있었는데 바로 그것이 불행의 씨앗이었다. 어느 날 그가 창가에 서 있는 마농을 우연히 발견했다. 그날 저녁 그는 우리 집을 방문했고, 얼마 후 우리 집을 마치 자기 집 드나들 듯이 하게 되었다. 그는 방탕한 사람이었다. 그는 나를 매제라 부르며 제 친구들을 샤이요에 불러들여 큰 잔치를 벌이기도 했으며 호사스러운 옷을 구입하기도 했다. 그 비용은 물론 모두 우리가 댔다.

그는 우리의 재산을 탕진하고 있었다. 그리고 우리 재산은 그런 도에 넘치는 낭비를 감당할 정도가 아니었다. 나는 그와 담판을 지어야겠다고 벼르고 있었다. 하지만 그러기도 전에 큰 불행이 나를 기다리고 있었다.

어느 날 나는 마농과 함께 파리로 나들이를 했다. 언제나 그랬듯이 그날은 파리의 집에서 자고 갈 요량이었다. 그런데 아침에 눈을 뜨니 하녀가 허겁지겁 달려와 숨을 헐떡이며 말하는 것이 아닌가!

"나리, 큰일 났어요. 샤이요의 집에 불이 났어요. 사람들이 불을 끈다고 집 안을 막 돌아다니고 있어요."

나는 하녀에게 마농에게는 아무 소리 말라고 당부하고는 한달음에 샤이요로 달려갔다. 불길한 예감이 들었던 것이다. 나는 집에 오자마자 돈을 넣어두었던 작은 상자를 찾았다. 아니나 다를까 작은 상자가 감쪽같이 사라져버렸다. 눈앞이 캄캄했다. 내가 구두쇠라거나 돈을 아끼는 사람이라서가 아니었다. 나는 구두쇠만이 돈을 아까워하는 게 아님을 뼈저리게 깨달았다. 가난 따위가 두려워서가 아니었다. 문제는 마농의 사랑이었다.

그 돈은 마농의 사랑을 보장해주는 돈이었다. 그녀는 풍족한 생활을 누리고 있어야만 나를 충실하게 사랑해주는 여자라는 것, 돈이 있어야만 정숙하게 살아가는 여자라는 것을 나는 이미 잘 알고 있었다. 사치와 쾌락을 버리고 나를 사랑하기를 기대할 수 없는 여자가 바로 마농이었다. 내게 돈은 바로 마농이었고, 마농의 사랑이었다. 나는 부르짖었다.

"그녀를 잃고 말 거야! 그녀는 나를 떠나갈 거야!"

나는 절망 속에서도 어떻게 하면 좋을지 곰곰이 생각했다. 다행히 아직 생각할 여유가 남아 있었다. 나는 이 재난을 마농에게 감추기로 했다. 그리고 그녀가 경제적으로 여유 있게 살아갈 수 있는 방도를 찾아보기로 했다.

하지만 뾰족한 방법이 있을 리 없었다. 나는 마농의 오빠 레스코를 찾아가 보기로 했다. 어쨌든 그가 파리에서 벌어지는 일에 대해서는 나보다 잘 알 테니까, 하는 게 나의 생각이었다. 게다가 그는 절대로 자기 급료로 생활하고 있는 것이 아님을 나는 잘 알고 있었다. 그에게는 어딘가 돈을 구할 구멍이 있는 게 틀림없었다.

지금이야 뼈저리게 느끼는 것이지만 그와 상의를 한 것은 악마에게 영혼을 파는 것과 같은 짓이었다. 그가 내 이야기를 듣고 어떤 제안을 했는지 알게 된다면 내 표현이 지나치지 않다는 것을 누구나 알 수 있을 것이다.

그는 내 이야기를 들은 후 아무런 망설임도 없이 말했다.

"마농이랑 함께 살면서 무슨 그런 걱정을 한단 말인가. 그녀라면 그런 걱정 따위는 단숨에 날려버릴 수 있어. 마농 같은 여자에게는 자네를 부양할 의무가 있단 말일세."

나는 내 귀를 의심했다. 아니, 이자가 정말 마농의 오빠가 맞단 말인가! 그는 반박하려는 나를 저지하며 말을 이었다.

"내 의견대로만 하면 저녁때까지 3,000프랑 정도는 쉽게 벌 수 있어. 향락을 위해 돈을 아끼지 않는 귀족을 내가 알고 있거든. 마농 같은 여자와 하룻밤 지내기 위해 그 정도 돈은 아끼지 않을걸. 그걸 자네와 내가 반씩 나누어 가지면 되는 거지. 그 애는 기왕 그런 일에 한 번 나섰던 경험이 있지 않은가?"

나는 당장 그의 얼굴을 후려치고 밖으로 뛰쳐나가고 싶었다. 하지만 상황이 너무 급박했다. 나는 억지로 웃음을 지으며 그 방법 말고 다른 방법은 없겠느냐고 물었다. 그는 내가 잘생겼으니 어디 돈 많은 늙은 여자를 하나 구해보는 게 어떻겠느냐고 말했다. 내가 버럭 화를 내자 이번에는 도박을 권했다.

그러면서 도박에는 반드시 기술이 필요하니 명심하라며 자기 일당에게 나를 소개해주겠다고 했다.

나는 무거운 마음으로 그의 집을 나섰다. 그에게 비밀을 털어놓은 것이 후회가 되었다. 게다가 그가 마농에게 이 사실을 말하면 어쩌나 걱정이 들기도 했다. 더 큰 걱정은 마농을 꾀어 돈 많은 놈팡이에게 팔아넘기는 건 아닐까 하는 것이었다.

정말 방법이 없었다. 아버지에게 털어놓을 수도 없었다. 처음 내가 잘못했을 때 6개월이나 나를 독방에 가두어두었던 아버지가 아닌가? 이번에는 더 크게 아버지를 실망시켜드린 셈이니 더 큰 벌을 내리실 게 틀림없었다.

그때 내게 티베르주의 얼굴이 떠올랐다. 위급한 상황에서 마음을 털어놓을 믿을 만한 친구가 있다는 것은 얼마나 다행스러운 일인지! 설령 그에게 직접 도움은 받을 수 없을지 몰라도 최소한 동정은 얻을 수 있지 않은가? 그것만으로도 큰 위안이 될 수 있지 않은가?

집으로 돌아간 나는 그에게 약속 장소를 알리는 편지를 써서 하녀 편에 보냈다. 티베르주는 약속 장소로 가겠다는 답장을 보내왔다. 그를 만나러 가면서 나는 부끄러웠다. 그렇게 올 곧은 친구 앞에 도대체 이게 무슨 꼴이란 말인가! 그러나 나를 향한 그의 깊은 우정을 생각하며 그 부끄러움을 덮어버렸다. 하지만 무엇보다 마농을 향한 내 사랑이 수치심을 떨쳐버릴 수 있게 해주었다.

나는 약속 장소인 팔레루아얄 공원으로 갔다. 도착하니 그가 나보다 먼저 와 있었다. 그는 이런 일로 만날 때마다 나를 놀라게 해주었다. 그는 책망하는 대신 나를 부둥켜안고 눈물을 흘렸던 것이다. 숭고한 우정의 눈물이었다.

우리는 벤치에 앉았다. 나는 내가 비난받아 마땅한 짓을 한 걸 잘 알고 있지만 그의 우정을 믿고 겨우 말을 한다며 입을 열었다. 내 입에서는 우선 한숨부터 나왔다.

나는 생쉴피스에서 도망쳐 나온 후의 일을 숨김없이 그에게 털어놓았다. 그에게 잘 보이려고 잘못을 줄이지도 않았고 왜곡하지도 않았다. 나는 내 사랑에 대해 그에게 솔직하게 말했다. 그러면서 인간의 의지나 지혜로는, 인간의 힘으로는 도저히 어쩌지 못할 운명에 내가 처해 있음을 알아달라고 말했다. 그리고 지금의 내 상황에 대해 설명했다. 나는 마음 약한 티베르주의 눈물에 호소했다.

내 이야기를 듣고 그도 나만큼이나 고통스러운 것 같았다. 그는 나를 한참이나 부둥켜안고 위로해주며 용기를 북돋아주었다. 하지만 그는 내가 마농과 헤어지는 것만이 유일한 해결책이라고 충고했다. 나는 마농과 헤어지는 건 이 세상 어떤 불행보다 더한 것이며 그런 불행을 겪으니 차라리 죽음도 불사할 것이라고 대답했다. 그러자 그가 말했다.

"내 충고를 자네가 받아들이지 않는다면, 도대체 내가 자네에게 해줄 수 있는 게 뭐가 있겠나?"

나는 차마 그의 지갑이 필요하다고 말할 수 없었다. 하지만 그는 눈치를 챈 것 같았다. 한참을 망설이더니 그가 말했다.

"자네에 대한 우정이 식어서 망설이는 것이 아니라네. 자네는 지금 나를 몰아붙이고 있는 셈이야. 친구의 도움 요청을 거절할 것이냐, 아니면 그 요청을 받아들여 내 의무를 저버릴 것이냐, 양자택일을 강요하고 있는 거지. 지금 이 상태의 자네를 돕는 건 자네의 방탕을 돕는 것과 마찬가지 아닌가? 하지만 지금 자네는 너무 급박한 상황에 빠져 제대로 생각할 여유도 없는 것 같아. 우선 마음이 안정돼야 제대로 판단도 할 수 있겠지. 내가 돈은 어떻게든 해보겠네."

그는 나를 감싸 안으며 덧붙였다.

"하지만 조건이 있네. 자네 주소를 내게 알려주게. 그리고 자네를 제자리로 돌아오게 하기 위한 내 노력을 거부하지 말아주게. 자네는 본래 도덕적인 사람이야. 단지 욕정에 사로잡혀 본성을 멀리하고 있을 뿐이지."

그의 말은 구구절절 옳았다. 나는 그의 충고를 바로 받아들이지 못하는 것을 이해해달라고, 나로서도 어쩔 수 없는 운명의 장난이라고 그에게 간절히 말했다. 그길로 그는 어느 대부업자에게 나를 데리고 가더니 1,000프랑을 빌려서 주었다. 자기가 받을 연간 보조금의 3분의 1을 미리 받아 쓴 셈이었다. 나는 미안해서 어쩔 줄 몰라 하며 그가 빌려준 돈을 받았다. 그 순간만큼은 나를 옥죄는 사랑의 유혹에 대해 한심하다는 생각이 들었다. 그의 고매한 품성 앞에서 나는 얼마나 형편없는 인간이란 말인가! 하지만 마농을 보는 순간 나는 다시 하늘에서 지상으로 떨어져 내릴 것이 분명했다.

사실이었다. 마농을 다시 본 순간, 나는 이토록 아름다운 여인을 사랑한다는 것을 잠시라도 부끄러워했다는 사실을 스스로 믿을 수 없었다.

　마농은 결코 평범한 여자가 아니었다. 돈에 관해서도 그녀
는 절대로 평범하지 않았다. 그녀처럼 돈에 대해 무덤덤한 여
자는 아마 없을 것이다. 그러면서도 돈을 자유롭게 쓸 수 없는
처지는 한순간도 견디지 못했다. 그녀에게 필요한 것은 돈이
아니라 쾌락과 즐거움이었다. 돈이 없어도 즐거운 생활을 할
수만 있다면 그녀는 돈 따위는 거들떠보지 않았을 것이다. 그
녀는 하루하루를 즐겁게 보낼 수만 있다면 재산 따위야 어떻
게 되건 신경 쓰는 여자가 아니었다. 그렇다고 그녀가 극단적
으로 호사스러운 삶을 원하는 것도 아니었다. 그저 그녀의 취
향에 걸맞은 정도의 즐거움만 제공하면 되었다.
　쾌락과 즐거움, 그것이 그녀가 진정으로 바라는 것이었기
에, 그것이 충족되지 않을 때 그녀의 애정은 믿을 만한 것이
못 되었다. 물론 그녀 말대로 그녀는 나를 사랑하고 있었다.
그리고 오로지 나만이 그녀에게 사랑의 즐거움을 줄 수 있는
사람이라는 것도 사실이었다. 하지만 삶의 다른 즐거움들이
불안해지면 이 사랑도 뿌리째 흔들릴 것이 틀림없었다. 내가

어느 정도의 재산만 가지고 있다면 그녀는 그 누구보다 나를 택할 것이 틀림없었다. 하지만 내가 돈이 없이 오로지 믿음과 사랑만으로 그녀 곁에 머물려 한다면 그녀는 나를 버리고 B처럼 돈 많은 사람 곁으로 갈 것이 틀림없었다.

나는 정말 절약하려고 애를 썼다. 오로지 그녀를 위해서만 돈을 썼고 나 자신을 위한 비용은 최대한 절약했다. 하지만 친구에게 빌린 1,000프랑으로 오래 버틸 리 만무했다. 결국 나는 레스코에게 내 어려움을 털어놓을 수밖에 없었다. 그러자 그는 재차 내게 도박에 뛰어들 것을 권했다.

결국 나는 레스코의 유혹에 넘어갔다. 그는 나를 트랜실베이니아 호텔의 도박장으로 안내했다. 결론부터 말하자. 내게는 나도 모르는 재주가 있었다. 나는 단시일 내에 도박의 트릭을 익힐 수 있었으며 그것을 금방 도박에 활용했다. 나는 나도 모르고 있던 재주 덕분에 한두 주일 만에 상당한 액수의 돈을 벌었다. 그제야 나는 마농에게 샤이요에서 있었던 화재에 대해 이야기해주었다.

나는 그녀를 위로하기 위해 가구가 갖추어진 집 한 채를 빌려 그녀를 행복하게 해주었다. 물론 나도 행복했다. 그녀의 행

「카드 도박판의 사기꾼 The Cardsharps」

이탈리아 화가 카라바조의 1594년경 작품. 도박이 언제부터 시작되었는지는 모르지만, 인류 역사를 통틀어 거의 모든 사회에서 여러 형태로 존재했다고 본다. 고대 인도의 주사위, 중국 전설 속 요순시대의 바둑, 한국 삼국시대의 바둑 같은 도박 기록이 남아 있다. 서양의 경우 고대 이집트 및 그리스와 로마 시대부터 도박 관련 이야기가 풍성하게 남아 있다. 서양 최초의 공식 도박장은 1638년 이탈리아 베네치아에 세워져 축제 기간 동안 문을 열었다. 그러나 도박으로 상류층이 재산을 날리고 가난뱅이가 되자 1774년 시 정부는 도박장을 폐쇄했다. 오늘날에도 도박은 큰 사회문제 중 하나로, 한국 형법에는 도박죄가 규정되어 있다.

마농 레스코

복이 곧 나의 행복이었으니 너무나 당연했다.

그사이 티베르주는 자주 나를 찾아와서 내 마음이 상하지 않도록 조심하며 충고를 해주었다. 나는 그의 충고에 따를 생각이 전혀 없었다. 그럼에도 불구하고 언제나 그에게 감사하는 마음을 가졌다. 그의 본마음을 잘 알고 있었기 때문이었다.

나는 경건한 마음으로 내게 충고해주는 그를 가끔 놀리기도 했다. 나는 마농을 눈으로 가리키며 그에게 말했다.

"이보게, 마농을 좀 봐. 저렇게 아름다운 여자와는 아무리 자네라 할지라도 잠시 한눈팔고 싶은 생각이 들지 않을까?"

그래도 그는 참았다. 정말 온 힘을 다해서!

그는 내 생활이 사치스러워진 것을 의아하게 생각하고 있었다. 무슨 부당한 짓을 하고 있음을 눈치챈 게 틀림없었다. 그러자 그는 이전까지의 조심스러운 태도를 버리고 적극적으로 내게 충고하기 시작했다. 타락해가는 내 생활 태도에 대해 한탄하는가 하면 심지어 천벌이라는 말까지 입에 올리며 나를 겁주었다.

"자네 지금 정말 방탕하게 돈을 쓰고 있군. 정상적으로 벌어들인 돈은 아닌 것 같아. 그런 돈은 오래 붙어 있지 않는 법이라네. 자네는 지금 바로 하느님이 내리신 벌을 받고 있는 셈이라네. 부정한 돈을 마구 쓰는 것, 그게 바로 하느님이 내리신 벌이지. 자네는 내 충고가 달갑지 않겠지. 달갑기는커녕 귀찮을 뿐이겠지.

자네는 은혜도 모르는 약한 남자야. 잘 있게. 나는 자네의 그 죄 많은 쾌락이 망령처럼 사라지길 빌며 기도하겠네. 자네의 그 돈도, 그 돈을 벌어들인 기술도 사라지고 자네가 무일푼이 되길 기도하겠어. 그때가 되어서야 자네를 진정으로 아끼는 나를 다시 찾겠지. 그때까지는 나를 찾지 말게."

그는 대놓고 마농 앞에서 그런 훈계를 하더니 벌떡 일어나 밖으로 나가버렸다. 나는 그를 붙잡으려 했다. 하지만 마농이 나를 가로막으며 저런 미친 사람은 그냥 보내버리라고 말했다.

사실 나는 그의 말에 어느 정도 감동을 받은 상태였다. 생각해보면 내가 살아오면서 불행을 겪고 정말 힘든 상황에 처했을 때 다시 용기를 내서 일어설 수 있었던 것은 그 친구의 말이 내 가슴속 어딘가에 남아 있었기 때문이었다. 하지만 그에게서 받았던 감동은 마농의 다정한 손길 한 번에 날아가버렸다.

우리는 쾌락과 애욕으로 얼룩진 나날들을 보냈다. 재산이 늘면서 우리의 애정도 늘었다. 우리는 사랑의 여신과 행복의 여신에게 사로잡힌 노예가 되어 더없이 즐거운 나날들을 보냈다. 신들이여! 어째서 인생을 고통이라 말하는가! 그저 흘러가는 시간이 아쉬울 뿐인 인생에 무슨 고통이 있을 수 있단 말인가! 이 쾌락이 영원히 지속될 수 있다면 뭐 하러 다른 곳에서 행복을 찾으려 하겠는가!

하지만 그 쾌락은 잠시뿐이었다. 그 즐거움을 오래도록 누리는 것은 우리의 운명이 아니었다. 잠깐의 행복은 덧없이 지나가고 곧이어 깊은 불운이 찾아왔다.

어느 날 우리가 레스코가 마련한 만찬에 초대받아 갔다가 한밤중이 되어서야 집으로 돌아왔을 때였다. 웬일인지 하인도 하녀도 나타나지 않았다. 둘이 연인 사이라는 것을 우리는 알고 있었다. 그리고 그들은 내가 도박에서 벌어들인 돈을 어디다 두는지 알고 있었다.

나는 짚이는 게 있어 얼른 방으로 뛰어 들어갔다. 엉망이었다. 장롱 열쇠는 비틀려 부서져 있었으며 돈이며 옷가지며 하나도 남아 있는 것이 없었다. 어처구니없는 광경에 넋을 놓고

서 있는데, 마농이 새파랗게 질린 얼굴로 달려와서는 자기 방
도 엉망이 되어 있다고 말했다. 나는 마농을 달래기 위해 태연
한 척하며 지금 당장 트랜실베이니아 도박장으로 가서 이 손
해를 몽땅 만회하겠다고 큰소리를 쳤다. 하지만 충격을 받은
그녀는 절망적으로 말했다.

"우린 이제 끝났어요."

나는 그녀를 위로하려 했지만 건성이었다. 나 역시 절망과
낙담에 젖어 넋을 놓고 있었던 것이다. 우리는 속옷 한 장 남
은 게 없는 알거지가 된 것이다.

4

　나는 곧 레스코를 불렀다. 그는 내게 곧바로 경시총감에게 가서 이 사건을 고발하라고 말했다. 나는 그의 충고대로 곧장 경시총감에게 달려갔다. 하지만 그것이 나와 마농에게는 진정한 재난의 시작이었다. 경시총감과 파리 대법관에게 갔던 일이 허사가 되어버린 것은 물론이고 그사이 악당 레스코가 마농을 꾀어 끔찍한 계획을 세우고 실행에 옮긴 것이다. 그가 얼마나 천인공노할 계획을 세웠는지 알면 누구나 놀라지 않을 수 없을 것이다.

　레스코는 마농에게 늙은 호색가인 GM이라는 자의 이야기를 했다. 그자의 여자가 되면 엄청난 돈이 들어올 수 있다고

마농을 유혹한 것이다. 뜻밖의 재난으로 어쩔 줄 몰라 하던 마
농은 오빠의 유혹에 쉽게 빠져버리고 말았다. 그리고 그 거래
는 내가 집에 돌아오기도 전에 이미 끝이 나 있었다. 레스코는
GM과 미리 연락을 취해두고 다음 날 거래가 실행에 옮겨지
도록 조치를 취해놓았던 것이다.

내가 집에 도착했을 때 마농은 자기 방에서 자고 있었다.
나는 충격을 받은 그녀가 푹 자도록 내버려두고 내 방으로 왔
다. 그러고는 새벽 4시가 되어서야 잠자리에 들었다. 자리에
누워서도 나는 잠이 오지 않아 이런저런 궁리를 하며 뒤척였
다. 아마 거의 아침이 되어서야 잠들었을 것이다. 나는 정오
가까이 되어서야 눈을 떴다.

나는 일어나자마자 마농이 걱정되어 그녀의 방으로 갔다.
하지만 그녀는 없었다. 궁금해서 방을 둘러보다가 책상 위에
편지가 한 통 놓여 있는 것이 눈에 띄었다. 나는 부들부들 떨
면서 편지를 뜯어보았다. 마농의 글씨였다.

사랑하는 나의 기사님, 당신만이 내 마음의 우상이라는
것을 맹세해. 이 세상에서 당신만을 사랑한다고 맹세해.

마농 레스코

하지만 불쌍한 내 사랑! 지금 우리 처지에 여자의 정조 따위가 미덕이라고 할 수 있어? 무일푼으로는 사랑을 속삭일 수 없어. 어쩌면 너무 굶주려서 내가 잘못 생각하고 있는지도 몰라.

그래도 이것만은 진심이니 믿어줘. 내가 당신을 열렬히 사모하고 있다는 것! 사랑하는 당신, 내가 우리를 위한 돈을 모을 때까지 조금만 참고 기다려줄 수 있지? 나는 사랑하는 나의 기사님을 부자로 만들어주기 위해, 그리고 행복하게 해주기 위해 일을 하러 가는 것뿐이야. 내 소식은 오빠를 통해 들을 수 있을 거야. 당신과 잠시 이별하는 게 괴로워 내가 얼마나 울었는지 오빠한테 들으면 알 거야.

그 편지를 읽은 내 심정이 어떠했는지 어떻게 말로 표현할 수 있을까! 그때만 그랬던 것이 아니다. 그때의 그 심정은 지금도 정리가 안 된다. 그 누구도 그런 심정을 경험해본 적 없을 것이며 상상할 수조차 없을 것이다. 그러니 어떻게 그 심정에 대해 설명할 수 있단 말인가! 억지로 표현하자면 고통, 질투, 굴욕 따위 감정이 들어 있던 것만은 분명하다.

나는 마음속으로 외쳤다.

'아, 내가 지금 할 수 있는 게 뭐가 있을까? 그녀는 또 나를 배반하려 하고 있다. 은혜를 모르는 그 여자는 나를 여전히 사랑한다고 입바른 소리를 하면서 비난을 피하려 하고 있어! 단지 굶주림이 두렵다고? 그까짓 굶주림 때문에 사랑을 배신하다니! 사랑의 신이시여, 이 얼마나 비열한 짓인가요!

나는 그녀와의 사랑을 위해 모든 것을 희생했어. 내 행복도 돌아보지 않고 아버지 곁에서 지내는 즐거운 삶도 버리고 스스로 굶주림을 택했어. 그런데 그녀는 굶주림이 두려워 그런 짓을 하다니! 그러면서 여전히 나를 사랑한다고? 배은망덕한 여자! 작별 인사 한마디도 없이 떠날 수 있어? 그게 정말 사랑이야? 게다가 스스로 원해 다른 놈한테 몸을 내던졌으면서 사랑을 들먹여?'

그때 뜻밖에 나를 찾아온 자 때문에 나는 한탄을 그칠 수밖에 없었다. 놀랍게도 레스코였다.

"이 짐승만도 못한 놈아!"

나는 칼에 손을 대며 소리쳤다.

"마농을 어떻게 했어? 마농 지금 어디 있어?"

그는 나의 험악한 기세에 잔뜩 겁을 먹은 것 같았다. 하지만 그는 주눅 들지 않고 내게 천천히 말했다. 그런데 그의 입에서 나온 말은 전혀 예상 밖의 항변이었다. 그는 다 나를 위해 한 일이고, 온 힘을 쏟아서 일을 성사시켰는데, 그리고 그 결과를 알려주고 상의하러 왔는데 겨우 이런 대접이냐며, 이대로 돌아가 다시는 이 집에 오지 않겠다고 말했다. 나는 그를 향해 다시 소리를 질렀다.

"아직도 나를 우습게 알아! 나를 그렇게 쉽게 속여먹을 수 있다고 생각해! 자, 네놈 목숨을 내놓든가, 아니면 마농이 있는 곳을 대!"

"허 참, 반가운 소식을 전하러 온 사람을 이렇게 대하다니! 그 내막을 알면 내게 고마워하게 될걸."

내가 무슨 소리냐고 여전히 소리치자 그가 차분한 목소리로 말했다.

"그 양반 지금 마농에게 홀딱 빠져 있단 말이야. 내가 그 양반을 호탕한 사람이라며 잔뜩 부추겼더니 당장 1만 2,000프랑을 내놓더군. 내가 거기서 그칠 사람인가? 마농에게 어린

동생이 한 명 있고 그 아이를 돌보아야만 한다고 했더니 마농 앞으로 집을 한 채 빌리겠다고 했단 말이야. 매달 생활비 400프랑을 주겠다는 약속도 했어. 그것만 해도 벌써 5,000프랑 가까운 돈이야. 영감이 지금은 사오 일 후에 돌아오겠다며 시골로 갔어. 집사에게 자기가 돌아오기 전에 집을 한 채 빌려 두라고 명령하더군. 그리고 마농에게 나이 비슷한 남동생도 있다고 해놓았어. 물론 내가 아니라 자네가 그녀 동생이 되는 거지.”

이 무슨 해괴망측한 소리란 말인가? 그는 자신의 사기 행각에 나도 끌어들였던 것이다. 나는 그 자리에 털썩 주저앉고 말았다. 어째서 내 운명은 이런 식으로 흘러갈까! 정신분열이 일어날 것만 같았다. 내가 그동안 소중히 여겼던 명예! 내가 애써 배우고 키워왔던 미덕! 그 모든 것들이 날카롭게 나를 공격해 왔다. 내 마음은 내가 순진무구하게 지냈던 모든 곳들, 아미앵, 아버지가 계신 고향집, 그리고 생쉴피스로 내달았다. 아, 나는 지금 그 행복한 곳들로부터 그 얼마나 멀리 떨어져 있는가!

나는 속으로 탄식했다.

'아, 내가 무슨 운명이기에 이런 죄악의 길로 들어서야만 한단 말인가!'

그리고 나는 스스로에게 물었다.

'사랑은 때 묻지 않은 정열이어야 하잖아? 그런데 어째서 내게는 불행과 부정한 짓의 원인이 되어야 하는 거지? 마농과 함께 미덕을 지키며 살고 싶은 내 소망을 방해하는 게 도대체 뭐지? 아, 그녀와 사랑을 누리기 전에 결혼부터 해야 했어! 아버지께 그녀의 미덕과 아름다움을 알려드린 후 아버지를 설득해야 했어!'

뼈저린 후회가 찾아왔다. 하지만 이미 마농은 모든 결정을 해버렸다. 그녀의 결정을 따르지 않는 것은 곧 그녀와 헤어지는 것을 의미했다. 나는 망설일 수조차 없었다.

"레스코, 정말로 내 생각을 해서 벌인 일이라면 고맙네. 좀 더 나은 방법이었으면 좋았을 텐데. 하지만 이제 어쩌겠나."

"내가 자네를 위해 얼마나 애썼는지 알아줘서 고맙네. 아마 영감에게서 상상도 할 수 없는 돈을 우려낼 수 있을 거야."

우리는 상의를 한 끝에 셋이서 오누이 행세를 하되 나는 성직자가 되기 위해 공부하는 중인 척하기로 했다.

GM은 사나흘 뒤 파리로 돌아왔다. 그는 미리 빌려놓은 집으로 마농을 안내했다. 나와 레스코는 그 늙은 호색한이 자기 집으로 돌아갈 때까지 기다린 후 그 집으로 갔다.

어차피 모든 게 마농의 뜻대로 되리라는 생각에 포기하고 있던 나였지만 그녀를 보자 속에서 치솟는 분노와 불만을 억누르기 어려웠다. 나는 내내 언짢은 표정을 하고 있었다. 레스코가 잠시 자리를 비우자 그런 나를 그녀가 원망했다. 나는 눈물을 흘리며 그녀에게 말했다.

"난 모든 걸 당신 뜻대로 하려고 결심했어. 하지만 이렇게 비참한 당신 모습을 보고 어떻게 기분이 좋을 수 있겠어? 난 사랑을 위해 집도, 명예도 포기한 사람이야. 그런데 그 사랑이 이렇게 무참하게 짓밟히는 모습을 보고 어떻게 비참한 기분이 들지 않을 수 있느냔 말이야!"

그러자 그녀가 내 말을 가로막았다.

"당신이 언짢아하는 건 알겠어. 그렇다고 그렇게 모질게 말할 건 뭐 있어? 우리의 행복을 되찾기 위해 한 일이니 당신도 이해해주리라 생각한 거야. 나도 당신을 사랑하기 때문에 한 짓이라고. 하지만 됐어. 당신이 찬성하지 않는다면 나도 포기하겠어."

그러더니 그녀는 오늘만 참아달라고 했다. 영감이 이미 2,000프랑의 돈을 자기에게 주었으며 오늘 밤 약속한 돈의 절반과 보석들을 가져오겠다고 했다는 것이었다.

"그 사람에게 선물을 받을 정도의 여유는 주겠지? 그리고 너무 걱정 마. 파리로 돌아가기 전까지는 내 몸에 손대지 말라고 해두었어. 내 손에 입을 맞춘 건 사실이지만……. 그것만으로도 그 정도 돈을 지불할 만한 가치는 있을 거야. 그 많은 재산을 갖고 있는데 5,000에서 6,000프랑쯤이야 아무것도 아니잖아."

나는 그녀가 아무 일 없었던 것처럼 내게로 다시 돌아오겠다는 말을 듣고 너무 기뻤다. 우리는 레스코에게 우리의 결심을 알렸다. 그는 투덜댔지만 5,000에서 6,000프랑을 손에 넣을 수 있다는 말에 금세 기분이 좋아져 우리 계획에 동의했다.

우리는 GM과 함께 저녁 식사를 하기로 했다. 목표가 있어서였다. 내가 마농의 동생인 척 연기를 하면서 이 늙은 탕자가 마농에게 수작 거는 걸 방해하기 위해서였다. 영감이 식사 후 이층 방으로 가면 우리는 밖으로 나간다, 마농은 영감을 따라

이층 방으로 갔다가 적당한 핑계를 대고 밖으로 나온다, 그런 후 레스코가 미리 마차를 대기시켰다가 함께 도망간다는 것이 바로 우리의 계획이었다.

저녁 식사 시간이 되었다. GM은 늦지 않게 도착했다. 레스코는 마농과 함께 식당에 있었다. 영감은 목걸이며 팔찌, 진주 장신구 등 적어도 3,000프랑은 되어 보이는 보석들을 내놓았다. 그리고 매달 주기로 약속한 생활비 1년 치의 절반인 2,400프랑을 눈부신 루이 금화로 지불했다. 나는 들어오라는 레스코의 신호를 기다리며 문밖에서 귀를 기울이고 있었다.

레스코는 마농이 돈과 보석을 손에 쥐자 문밖으로 나오더니 내 손을 잡고 안으로 들어갔다. 나는 정중하게 GM에게 인사했다. 레스코는 내가 바라는 것은 오로지 신부가 되는 일뿐이라고 나를 소개했다. 레스코는 GM에게 이미 마농의 동생인 내가 밖에 와 있다고 말해놓은 상태였다.

식사 시간 동안 우리는 이런저런 이야기를 주고받았다. 식사를 하는 동안 나는 기회를 틈타, 영감이 지금 사기를 당하고 있는지도 모른다고 넌지시 암시를 해주었다. 물론 내가 알고 있는 어떤 사람이 당한 일을 이야기하는 척했다. 내가 왜 그런 이야기를 하는지 이유를 알 수 없었던 마농과 레스코는 초긴장 상태에 빠졌다. 더욱이 내가 영감의 모습을 너무나 노골적으로 생생하게 묘사하자 둘은 영감이 눈치챌까 봐 안절부절못해서 야단이었다.

그러나 영감은 자만심이 강한 사람이었다. 영감은 자신이 그런 사기에 넘어간 주인공이리라고는 전혀 생각하지 않았다. 심지어 재미있는 이야기라고 칭찬까지 할 정도였다. 나는 내심 노인이 눈치를 채고 우리가 죄악에 빠지는 것을 방지하기를 원하고 있었는지도 모른다.

드디어 잠자리에 들 시간이 되었다. 영감은 앞으로 있을 황홀한 순간을 상상하며 하인의 안내를 받아 이층 방으로 올라갔다. 그리고 모든 것이 우리의 계획대로 되었다. 마농은 적당한 핑계를 대고 그 방에서 빠져나왔다. 잠시 후 우리는 마차를 타고 삽시간에 그곳을 떠났다.

아무리 생각해도 그 짓은 분명 사기였다. 그러나 크게 가책을 느끼지는 않았다. 이미 도박에 빠졌던 내게 지금의 사기가 도박보다는 가벼운 죄로 여겨졌다. 하지만 하느님은 도박이라는 무거운 죄보다 지금의 죄를 더 무거운 형벌로 다스리셨다.

GM은 자신이 사기당한 것을 금방 알아차렸다. 그가 그날 밤으로 어떤 조치를 취했는지 나는 자세히 알지 못한다. 다만 그는 대단한 권력가였다. 우리는 너무 순진했다. 그의 권력이 지니고 있는 힘을 너무 경시했다. 우리는 파리가 대단히 넓으며 우리가 사는 곳은 영감과 멀리 떨어져 있으니 안전할 것이라고 마음 놓고 있었다.

영감은 우리가 살고 있는 집이며 우리 형편까지 다 알아냈다. 뿐만 아니라 내가 누구며 파리에서 어떻게 생활하고 있었는지도 알아냈다. 그뿐이 아니었다. 심지어 마농과 B의 관계까지 알아냈다. 요컨대 우리의 신변에 대해 모든 것을 알아낸 것이다. 결국 그는 우리를 체포하게 만드는 데 성공했다. 하지만 죄를 지은 범죄자가 아니라 불량배로 우리를 고발했다는 사실을 우리는 나중에 알았다.

경감이 부하들을 거느리고 우리 방으로 들이닥쳤을 때 나와 마농은 태평스레 잠을 자고 있었다. 먼저 그들은 내가 가지고 있던 돈, 엄밀히 말한다면 GM의 돈을 압수했다. 그런 후 그들은 우리를 두드려 깨워 밖으로 끌고 갔다. 밖에는 두 대의 마차가 기다리고 있었다. 그들은 그중 한 대에 마농을 억지로

태웠다. 나는 다른 마차에 실려 생라자르 감옥으로 끌려갔다. 행실이 좋지 못한 귀족 자제들을 감금하는 곳이었다.

이후 얼마 동안 나는 그녀의 소식을 듣지 못했다. 하지만 오히려 그편이 다행이었다. 내가 소식을 알았더라면 정신을 잃어버렸을지 모를 재앙을 그녀는 겪었던 것이다.

5

　나는 생라자르로 끌려갔다. 경관들에게 끌려 건물 안으로 들어가자 원장 신부가 나타났다. 그곳은 사제들이 관리를 하는 곳이었다.

　원장 신부는 매우 온화한 태도로 나를 대했다. 그가 나를 이층 방으로 안내했다. 방이라기보다는 감방이었다. 나는 원장에게 물었다.

　"그런데 신부님, 저를 도대체 어떻게 하시려는 건지요?"

　그는 내가 현명해 보여 다행이라며, 나를 덕행과 종교의 길로 이끄는 것이 자신의 의무라고 말했다. 그의 말투로 보아 그는 내가 누구인지, 무슨 일로 이곳에 오게 되었는지 다 알고 있는 것 같았다. 나는 절망에 빠져 눈물을 흘렸다. 가문의 명예를 더럽히고 친지들의 웃음거리가 되었다는 굴욕감을 참을 수 없었다.

나는 비탄에 빠져 지냈다. 그런 나를 원장은 친절하고 너그럽게 대했다. 그는 하루에도 두세 번씩 나를 찾아왔다. 그는 가끔 나를 데리고 정원을 돌며 유익한 충고를 해주었다. 나는 그의 충고에 얌전히 귀를 기울였고 감사하다는 표정도 지었다. 그 때문에 그는 내가 개심할 수 있으리라는 희망을 갖게 된 것 같았다.

어느 날 원장이 내게 말했다.

"이토록 온순하고 천성이 바른 사람이 어쩌다 그런 옳지 못한 일에 끌려들었는지 도무지 이해할 수가 없군. 내게는 두 가지가 놀랍다네. 하나는 자네처럼 선량한 사람이 어떻게 그런 불량한 짓을 저지르게 되었나 하는 것이고, 다른 하나는 그렇게 몇 년간 방탕하게 지낸 자네가 어쩌면 이렇게 내 충고를 쉽게 잘 받아들이고 이해할 수 있는가 하는 거라네. 자네는 진정으로 개심한 것이거나 아니면 천성적으로 훌륭한 성품을 타고난 거야. 그래서 자네를 이런 곳에 가두어두지 않아도 바른 길로 인도할 수 있으리라는 희망을 품게 되었다네."

나는 원장의 말에 기뻐하며 더욱 그가 만족할 수 있도록 조심스레 행동했다. 그것이 내 형량을 줄일 수 있는 방법이라고 생각했기 때문이었다. 나는 그에게 책도 부탁해서 열심히 읽는 척했다.

하지만 모두 위선이었다. 홀로 있을 때면 나는 나 자신의 불행에 대해 한탄만 하고 있었다. 나를 가두고 있는 이곳을 저주했고 나를 이곳에 가둔 자들의 횡포에 대해 분개했다. 그리고 마농을 생각했다.

나는 그녀의 소식조차 듣지 못하고 있었다. 이러다 그녀를 다시는 만나지 못하는 게 아닌가 하는 두려움이 나를 떨게 만들었다. 그러나 가장 괴로운 것은 GM의 품에 안긴 그녀의 모습을 상상하는 일이었다. GM이 안심하고 그녀를 독차지하기 위해 나를 이곳에 가두었으리라는 생각이 나를 가장 괴롭혔다.

나는 나의 위선적 태도가 제대로 효과를 발휘할 날만 기다리고 있었다. 나는 원장이 하는 말과 그의 표정을 유심히 살피며 그의 속마음을 읽어내려 애썼다. 차츰차츰 그는 나에 대한 애정을 숨김없이 드러냈다. 그가 최선을 다해 나를 도우리라는 확신이 들자 나는 단단히 마음먹고 그에게 물어보았다.

"신부님, 신부님께는 저를 석방시킬 권한이 없으신가요?"

"내게 그런 절대적 권한은 없다네. GM 씨가 경시총감에게 고발해서 자네를 이곳에 집어넣은 거니, 모든 게 결국 GM 씨에게 달려 있지. 내가 그에게 이야기만 잘 한다면 자네를 석방하도록 승낙할 수도 있을 걸세."

그는 내가 두 달이나 이곳에 갇혀 있었으니 그것으로 충분할 수도 있을 것이며, GM에게 잘 말해보겠다고 약속했다.

이틀 뒤 원장이 내게 찾아와 반가운 소식을 전했다. 내가 개심했다는 이야기를 원장에게서 전해 들은 GM이 매우 감탄하며 나를 내보내주겠다고 약속했다는 것이었다. 그뿐 아니었다. GM이 나와 개인적으로 가깝게 지내고 싶다며 친히 이곳으로 나를 만나러 오겠다고 했다는 것이었다. 그를 만난다는 게 그리 유쾌한 일은 아니었지만 자유의 몸이 되는 지름길이니 어쩔 수 없었다.

GM이 정말 생라자르로 나를 찾아왔다. 그는 마농의 집에서 만났을 때보다 훨씬 위엄 있는 모습이었다. 그는 내가 저지른 짓에 대해 그럴듯하게 설교를 했다. 인간은 본래 나약한 존재라서 본능적으로 쾌락을 추구하게 되어 있다며 나를 위로하는 척하기도 했다. 실은 자기변명을 하기 위한 것임을 나는 금방 눈치챌 수 있었다. 그렇더라도 사기를 치는 것은 처벌을 받아 마땅한 옳지 못한 일이라고 그는 말했다. 나는 조용히 그의 말에 귀를 기울였다.

그는 내가 마농과 남매간이라고 속인 것을 비웃었다. 그리고 내가 신부 수업을 한다고 했던 이야기를 꺼내며, 내가 여기서 주님의 뜻을 되새기며 살고 있으니, 내 손으로 성물(聖物)을 많이 만들어놓았을 것이라고 조롱하듯이 말했다. 그래도 나는 화를 내지 않았다.

그가 그 정도에서 그쳤다면 내 삶이 나락으로 떨어지는 일은 벌어지지 않았을지 모른다. 그러나 나를 엄청난 불행에 빠뜨릴 말이 그의 입에서 나오고 말았다.

"마농도 감화원에서 성물을 많이 만들었을 거야."

감화원이라는 말에 나는 몸을 부들부들 떨었다. 타락한 여자들을 가두고 짐승처럼 대하는 곳이 아닌가! 그러나 나는 마음을 진정시키고 그게 무슨 말이냐고 되물었다.

그러자 그가 대답했다.

"뭐, 다 말해주겠네. 이제는 자네도 받아들일 테니까. 마농은 감화원에서 정숙 교육을 받고 있지. 자네가 생라자르에서 얻은 것을 그녀도 거기서 얻었기를 바랄 뿐이네."

나는 분노가 치밀었다. 그토록 사랑스러운 마농을 감화원에 넣다니! 그녀를 행실 나쁜 여자 취급을 하다니! 나는 다짜고짜 그에게 달려들었다. 그러고는 땅에 쓰러뜨리고 목을 졸랐다. 그의 비명 소리를 듣고 원장과 수사 몇 명이 방으로 뛰어 들어왔다. 그들은 그를 내 손으로부터 떼어냈다. 나는 숨을 헐떡였다. 그리고 절망해서 몸부림치며 눈물을 쏟아냈다.

분노한 GM은 옷매무새를 바로 잡으며 원장에게 말했다.

"이 친구에게 지금보다 훨씬 가혹한 처벌을 내려야겠소. 회개는커녕 더 사나워졌으니!"

그러자 원장이 말했다.

"그럴 수는 없습니다. 그리외 씨 가문의 사람에게 그런 형벌을 내릴 수는 없습니다. 본래 온화하고 선량한 성품을 가진 사람이 이런 짓을 저질렀을 때는 다 이유가 있겠지요."

원장의 말에 GM은 꽤나 당황한 것 같았다. GM은 원장이

건 누구건 자신에게 거역하는 사람은 호된 대가를 치르게 될 것이라고 호통을 치고는 나가버렸다.

GM이 나가자 원장은 어떻게 된 일이냐고 나를 다그쳤다.

나는 어린아이처럼 눈물을 하염없이 쏟으며 말했다.

"아, 신부님! 제가 다 말씀드리겠습니다. 저 GM은 정말 잔인하고 끔찍한 짓을 저질렀습니다. 저자는 제 심장에 구멍을 낸 자입니다. 그 상처는 평생 아물지 않을 것입니다."

나는 원장에게 모든 사실을 간추려서 이야기했다. 그 와중에도 나는 내게 유리한 방향으로 이야기를 이끌기 위해 노력했다.

"신부님, 그는 그런 짓을 저질러놓고도 어떻게 제 몸이나 다름없는 그녀를 감화원에 넣을 수 있단 말입니까? 그녀가 왜 감화원에 가야 합니까? 그녀가 몸을 파는 창녀인가요? 아, 내가 사랑하는 여왕 같은 그녀가 감화원에 갇히다니! 신부님, 저는 정말이지 죽고 싶을 뿐입니다."

내 이야기를 들은 원장은 나를 위로했다. 그는 내가 뭔가 방탕한 짓을 저질렀고 우리 아버지와 친분이 있는 GM이 나를 바른 길로 인도하기 위해 나를 이곳으로 보낸 줄 알았다고 했다. 그는 경시총감에게 사실을 알려주면 아마 나를 석방시켜줄 것이라고 하며 자신이 바로 경시총감에게 갔다 오겠다고 했다.

　나는 원장이 돌아오기를 초조하게 기다렸다. 마치 판결을 기다리는 죄인의 심정이었다. 나는 어떤 수를 써서라도 마농을 감화원에서 빼내야 한다는 생각, 오로지 그 생각에만 몰두해 있었다. 그러려면 우선 내가 이곳에서 나가야만 했다. 만일 원장이 좋은 소식을 갖고 오지 못하더라도 어떻게든 이곳에서 탈출할 방법을 찾아야만 했다. 여의치 않다면 도박을 하면서 알게 되었던 레스코 패거리의 힘을 빌려야 할지도 모르겠다고 생각하고 있을 때 원장이 돌아왔다.

　그가 말했다.

　"한발 늦었네. GM 씨가 여길 나가는 길로 경시총감에게 들렀다네. 자네에게 불리한 이야기를 미리 잔뜩 해놓은 거지. 경시총감은 자네를 훨씬 엄하게 다루라는 명을 내리려던 참이었다네. 내가 사실 이야기를 해주자 그도 마음을 좀 풀더군. 'GM 씨, 참 정력도 좋다'며 농담도 하더군. 어쨌든 그가 직접 와서 이야기한 만큼 자네를 당장 놔줄 수는 없는 모양이야.

6개월 정도 더 이곳에 있으면 놓아줄 거라고 하더군. 경시총감이 자네를 정중하게 대하라는 말도 하더군. 그러지 않아도 내가 자네를 불편 없이 지낼 수 있게 해줄 작정이었다네."

원장이 길게 이야기를 늘어놓는 동안 나는 마음의 여유를 되찾았다. 지금 당장 이곳에서 나가고 싶은 내 마음을 노골적으로 드러내면 오히려 내 계획이 물거품이 될 수도 있었다. 나는 이곳에서 편안히 지낼 것이라고 원장을 안심시킨 뒤, 한 가지 부탁을 했다.

"신부님, 지금 제 마음을 가라앉힐 수 있는 친구가 한 명 있습니다. 지금 생쉴피스에 성직자로 있으니 이따금 찾아올 수 있도록 허락해주시길 부탁드려도 되겠습니까?"

그는 선선히 허락했다. 그 친구는 바로 티베르주였다. 물론 그가 나의 탈출에 직접 도움을 줄 수 있으리라 생각한 것은 아니었다. 그에게는 미안한 일이었지만, 나는 그가 눈치채지 못하게 그를 이용했을 뿐이었다. 나는 그를 통해 레스코에게 편지를 보낼 작정이었다. 그러나 레스코가 마농의 오빠라는 것을 알고 있는 티베르주가 순순히 편지를 전달해줄 리 없었다. 나는 전부터 알고 있는 신사에게 편지를 전해달라고 티베르주에게 부탁하기로 마음먹었다. 그리고 그 신사가 레스코에게 편지를 전달해서 레스코가 내게 면회를 오게 만들려는 계획이었다.

원장은 티베르주에게 내 소식을 전하고 면회 올 수 있도록 조치를 취했다. 티베르주는 그동안 내가 어떻게 지내는지 모르고 있었다. 당연히 이번 사건도 알 리가 없었다. 그는 내가 생라자르에 있다는 것을 알고는 나의 마음을 제대로 되돌릴 좋은 기회라 생각했는지 곧바로 감옥으로 달려왔다.

그의 앞에서 나는 탈옥 계획만 빼놓고 다 이야기해주었다. 그리고 솔직한 심경을 말했다.

"이보게, 자네 앞에서 내 맘을 속이고 꾸며낼 생각은 전혀 없다네. 지금의 내가 자네가 바라는 대로 현명한 사람으로서 자네 앞에 있기를 바란다면 착각일세. 아름다운 마농을 향한 사랑의 꿈에서 깨어난 사람이길 바란다면 착각일세. 나는 4개월 전의 나, 그대로야. 숙명적인 사랑 때문에 늘 불행에서 벗어나지 못하고 있지만 나는 바로 그 숙명 속에서 행복을 찾으려는 사람일세."

그러자 그가 나의 말을 반박했다.

"이보게, 자네는 용서하기 어려운 고백을 하고 있다네. 자네는 미덕을 행하면서 얻게 될 행복을 외면하고 악을 행하면서 얻을 수 있는 행복을 원하고 있는 거야. 자네는 그 악의 겉모습에 속고 있는 거라네. 자네가 그 행복에 집착하면 할수록 자네는 더욱더 불행에 빠져들 수밖에 없어. 자네도 그걸 알고 있으면서 스스로 그 죄악 속으로 몸을 던지고 있는 거라네. 생각과 행동이 다른 거지. 자네는 스스로의 이성을 모독하고 있는 거야."

"티베르주, 자네 이야기가 옳을지도 몰라. 그리고 난 자네 이야기를 반박할 마음이 없네. 그러니 자네가 이기는 건 당연하지. 하지만 내 말도 좀 들어보게나. 내게도 변명거리는 있으니까. 자네는 미덕을 행하면서 얻는 행복에 대해 말했지? 그렇다면 내가 자네에게 묻겠네. 그 행복에는 그 어떤 고통도 장애물도 불안도 없다는 말인가? 그 길을 가면서 만나게 되는 십자가니, 형벌이니, 압제자가 가하는 고문 같은 것은 도대체 뭐란 말인가? 육체에 가해지는 고통이 곧 행복이라고 우길 텐가? 설마 그렇지는 않겠지. 그렇다면 자네가 말하는 행복에도 수많은 고통이 함께하는 것 아닌가?

더 정확하게 말해볼까? 자네가 말하는 행복도 실은 불행이라는 실로 짠 직물이 아닐까? 그 불행을 통과한 후에야 비로소 행복해지는 건 아닐까? 그 불행이라는 것이 바로 사람들을 행복으로 인도하는 것이 아닐까?

내가 바로 그런 경우일세. 나는 마농을 사랑하네. 나는 그 어떤 난관과 불행이라도 극복한 후 그녀와 행복하게 살기를 바라고 있어. 내가 가는 길이 험하다는 걸 나도 안다네. 하지만 반드시 목적지에 이르리라는 희망이 있다네. 그래서 그 험한 길에는 늘 봄바람이 불어온다네. 그녀와 단 한순간이라도 함께하리라는 희망, 그게 바로 봄바람일세. 단 한순간이라도 그녀와 함께 할 수 있다면 나는 어떤 고난이라도 능히 감수할 걸세. 내 행복은 몸으로 느낄 수 있는 행복이라네. 그런데 자네의 행복은 잡을 수도 없는 것 아닌가? 그저 신앙의 길에서만 느낄 수 있는 것뿐이지 않은가?"

티베르주는 내가 나름대로 논리 정연한 것에 꽤나 놀란 모양이었다. 하지만 그는 내 말이 궤변에 불과하다며 다음과 같이 말했다.

"자네가 겪고 있는 고통의 결과를 어떻게 종교적 믿음으로 얻게 될 결과와 비교할 수 있단 말인가? 도대체 말이 안 되는 생각일세."

"맞아, 내 생각이 옳지 않다는 건 나도 알아. 감히 그 둘을 비교할 생각도 없어. 다만 내가 불행에 빠질 줄 뻔히 알면서도 사랑에 집착하는 것을 모순된 행동이라고 비난하니까 한 소리일 뿐이야. 생각해보게. 자네는 그런 모순에 빠져 있지 않다고 자신할 수 있나? 자네도 나 이상으로 모순된 세상을 헤매고 있는 건 아닐까?

자네라면 미덕을 통해 얻는 것이 사랑을 통해 얻는 것보다 훨씬 값진 것이라고 말할 테지. 하지만 내 생각은 다르다네. 미덕과 사랑 중에 어느 것이 더 고난을 견딜 만한 힘을 지니고 있을까? 세상에는 고난을 겪는 게 힘들어서 미덕에서 벗어나는 사람이 많다네. 하지만 고난이 두려워 사랑을 피해 가는 사람은 별로 없네. 고난이 뻔히 기다리고 있는 줄 알면서도 기꺼이 그 사랑에 빠지는 사람이 더 많지. 자네는 그래도 그 미덕 덕분에 세상에 평화와 안락이 존재하게 된 것이라고 말하겠지. 그렇다면 나는 이렇게 말하겠네. 사랑에도 평화와 행복이 있다고 말일세. 한 가지만 더 덧붙이지. 사랑이 사람을 쉽게 속이는 건 사실이라네. 하지만 그래도 만족과 기쁨을 주지. 하지만 종교는 어떤가? 참혹한 고행만 앞에 기다리고 있는 것 아닌가?"

티베르주가 괴로운 표정을 짓자 내가 덧붙였다.

"뭐 그리 놀랄 것 없네. 내 이야기는 간단해. 누군가의 사랑을 막기 위해 그 사랑에 대해 비난을 하거나 덕으로 얻게 될 행복이 더 크다고 주장하지는 말라는 이야기네. 우리의 본성상 쾌락을 통해 우리가 행복을 얻을 수 있다는 건 분명한 사실이야. 쾌락 중에서도 사랑의 쾌락이 가장 크다는 것도 너무나 명백하고. 나를 미덕으로 인도하려면 미덕 자체가 내게 행복을 가져다준다고 말하면 안 돼. 아무리 고통스럽더라도 그것이 삶에서 정말 필요한 것이라고 말해야 해. 거꾸로 사랑 자체가 곧 불행이라고 말하면 안 돼. 사랑의 기쁨이 덧없는 것이라고 말하고, 그 기쁨 뒤에는 영원한 고통이 따를 것이라고 말하는 것이 더 설득력이 있어. 어떻게 되었건 나는 사랑의 기쁨이야말로 이 세상에서 내가 누릴 수 있는 가장 큰 행복이라는 것을 고백할 수밖에 없다네. 이 기쁨을 포기하고 희생해야 하느님 곁으로 더 가까이 갈 수 있다는 걸 나도 알고 있네. 고통

없이는 하느님 곁으로 갈 수 없으니까. 하지만 내가 아는 것을 실천할 힘이 지금 내게는 없어. 내가 어떻게 마농의 매력을 깨끗이 잊을 수 있단 말인가?"

내 이야기를 듣고 티베르주는 내게 연민의 눈길을 보냈다. 내가 악의 유혹에 빠져 방탕의 길로 들어선 것이 아니라 단지 의지가 약해서 그리되었다는 것을 알게 되었기 때문이었다. 그가 결코 나를 포기하지 않고 구원의 손길을 계속 내밀겠다고 결심했음을 그의 표정으로 알 수 있었다.

나는 그에게 탈출 계획에 대해서는 한마디도 하지 않았다. 단지 편지를 전해달라는 부탁만 했다. 그는 성실하게 나의 부탁을 이행했다. 레스코가 그날 바로 내 편지를 받고 이튿날 면회를 온 것이다. 그는 나의 형 이름을 대고 형 행세를 해서 무사히 나를 만날 수 있었다. 둘이 남게 되자 나는 그에게 황급히 물었다.

"마농은 어떻게 되었소?"

"감화원에 두세 번 찾아갔지만 만나지 못했네."

"더러운 GM 놈! 도대체 무슨 짓을 해놓은 거야!"

그는 곧바로 내 탈출 계획에 대해 말했다.

"생각만큼 쉽지 않아. 어제 친구 두 명과 주변을 살펴보았네. 이 방 창문은 중앙 정원 쪽으로 나 있더군. 그러니 밖에서 손쓸 방법은 전혀 없어. 아무래도 안에서 나가는 수밖에 없으니 그 방법을 알아봐야 할 거 같네."

"사실 내 방문은 잠겨 있지도 않소. 복도를 마음대로 걸어 다닐 수 있지. 하지만 정원으로 나가는 계단은 두꺼운 문으로 차단되어 있단 말이오. 그러니 복도를 통해서 도망치는 건 불가능해. 잠깐!"

불현듯 한 가지 생각이 머리에 떠올라 잠시 말을 멈춘 후 내가 그에게 다시 말했다.

"내게 권총 한 자루 갖다 줄 수 있겠소?"

"그야 쉬운 일이지. 왜, 누굴 해치우려고?"

"아니, 사람을 해칠 생각은 없소. 단지 좀 필요할 수도 있을지 몰라서. 탄환은 채워놓지 않아도 되오. 내일 가져다줄 수 있지요? 그리고 밤 11시에는 이곳 문 앞에 반드시 와 있어야 하오. 친구 두세 명을 데리고."

그가 내 속셈을 물었지만 나는 대답해주지 않았다.

이튿날 그가 약속대로 권총을 갖고 다시 나를 찾아왔다. 원했던 물건을 손에 넣은 나는 내 탈출을 믿어 의심치 않았다. 내 계획은 그리 복잡한 것이 아니었다. 수사들이 모두 자기 방에서 잠자리에 든 후에 원장의 방으로 가서 열쇠를 건네받을 심산이었다. 그리고 만일 일이 여의치 않은 경우 총알이 들어 있지 않은 권총으로 그를 협박해서 뜻을 이루자는 것이었다.

나는 때가 오기를 초조하게 기다렸다. 나는 수사와 하인들이 모두 잠든 것을 확인한 후 무기와 촛불을 들고 방을 나섰다. 나는 원장 신부의 방으로 다가가 방문을 조용히 두드렸다. 두 번째로 노크를 하자 그가 방문을 열었다. 수사이려니 생각했던 모양으로, 내 모습을 알아보자 그는 놀란 표정을 지었다.

"아, 자네로군! 이렇게 늦은 시각에 무슨 일인가?"

나는 그에게 애원하는 말투로 제발 여기에서 나갈 수 있게 해달라, 원장님이 직접 문을 열어주던지 아니면 잠시 열쇠를 빌려달라고 말했다. 나는 그가 혹시 소리라도 지르면 어쩌나 싶어 윗도리 속에 숨겨두었던 권총을 꺼냈다.

"아니, 권총 아닌가! 자네에게 잘해준 보답으로 내 목숨을 빼앗겠다는 건가?"

"그럴 리가 있습니까! 제발 문만 열어주십시오. 신부님의 호의에는 진심으로 감사하고 있습니다. 하지만 이렇게 부당하게 감금되어 있는 걸 도저히 참을 수가 없습니다."

나는 탁자 위의 열쇠꾸러미를 들고 원장에게 따라오라고 말했다. 원장이 한숨을 내쉬며 문을 하나하나 열었다. 드디어 우리는 울타리 근처에 이르렀다. 그 바로 앞에 도로와 통하는 문이 있었다. 나는 한 손에는 촛불을, 다른 한 손에는 권총을 들고 신부 뒤쪽에 서 있었다.

그때였다. 가까운 방에서 자고 있던 수위가 빗장 소리에 잠에서 깬 듯 우리를 향해 얼굴을 내밀었다. 그의 모습을 본 원장이 그에게 도와달라고 소리쳤다. 수위는 곧장 내게 달려들었다. 나는 엉겁결에 그를 향해 방아쇠를 당겼다. 놀랍게도 그가 그 자리에서 쓰러졌다. 레스코가 내 말을 무시하고 총알을 장전해놓았던 것이다. 놀란 원장 신부는 지체 없이 문을 열었다. 나는 재빨리 밖으로 나갔다. 서너 걸음 걸어가니 레스코가 친구들과 함께 기다리고 있었다.

우리는 곧 그곳을 벗어났다. 레스코가 총소리를 들었는지 어떻게 된 일이냐고 물었다.

"당신 잘못이야. 왜 총알을 재놓은 거요?"

말은 그렇게 했지만 나는 그의 용의주도함에 감사했다. 만일 그가 총알을 장전해놓지 않았다면 나는 아마도 영원히 생라자르에 갇혀 있었을지도 모른다.

우리는 눈에 띄는 음식점으로 들어가 우선 나의 허기진 배를 채웠다. 하지만 한가롭게 있을 형편이 아니었다. 감화원에 갇혀 있을 마농을 생각하면 너무나 괴로웠다.

나는 세 친구에게 말했다.

"우선 마농을 구해야 해요. 내가 탈출을 결심한 건 오로지 그녀를 구하기 위해서야."

레스코는 감화원은 생라자르보다 경계가 한결 삼엄할 것이니 우선 감화원 내부 사정에 대해 조금이라도 알아본 후 대책을 마련하자고 했다.

밤이 되자 레스코와 나는 감화원으로 갔다. 나는 제법 똑똑해 보이는 문지기에게 말을 걸었다. 나는 외국인을 가장하고 감화원의 평판이 너무 좋아 궁금한 게 많아서 찾아왔다고 그에게 말했다. 그리고 그 문지기를 잔뜩 치켜 세워주었더니 아주 세세한 부분까지 감추지 않고 설명해 주었다. 그에게서 들은 정보 중 가장 중요한 것은 감화원 이사들의 신상이었다. 그 중 T 씨라는 이름의 이사에게 결혼 적령기의 아들이 하나 있으며 부친과 함께 여러 번 감화원에 왔었다는 정보도 있었다. 순간 그의 도움을 받아야겠다는 생각이 내게 떠올랐다.

우리의 숙소로 돌아온 나는 레스코에게 말했다.

"T 씨의 아들은 부자인 데다 귀족 자제니 쾌락적인 삶을 좋아할 게 틀림없소. 적어도 연애는 좋아하고 이해하겠지. 내가 그에게 털어놓을 작정이오. 그의 인정과 의협심에 호소해봐야겠소. 만일 그의 의협심이 발동되지 않더라도 마농이 엄청난 미인인 걸 알면 그녀를 위해 뭔가 해주지 않겠소? 그런 미인에게 뭔가 베풀고 감사의 말을 듣고 싶어서라도 말이지. 어쩐지 일이 잘 풀릴 것 같아요."

레스코도 내 계획이 그럴듯하다며 동의했다.

아침이 되자 나는 될 수 있는 한 말쑥하게 차려입고 마차를 불러 T의 저택으로 갔다. 나는 거기서 T 씨의 아들 T를 만났다. 그는 느닷없는 방문에 놀란 것 같았다. 그의 말씨나 사람을 대하는 태도를 보고 나는 일이 잘되리라고 낙관했다.

나는 솔직하게 모든 것을 털어놓았다. 그리고 그의 감수성에 호소하기 위해 나와 마농 간의 사랑을 이 세상에 둘도 없는 진정한 사랑이라고 이야기했다. 또한 마농이 얼마나 아름다운 여자인지 강조하는 것도 잊지 않았다. 놀랍게도 그는 마농을 이미 알고 있었다. 만난 적은 없지만 이야기는 들었다는 것이었다. 그는 마농을 GM 영감의 정부(情婦)로 알고 있었다. 나는 우리 사이에서 벌어진 일을 모두 이야기해주었다.

"저는 지푸라기라도 잡고 싶은 심정입니다. 제가 이렇게 솔직하게 모든 것을 털어놓는 것은 당신이 너그러운 사람이라는 것을 알고 있기 때문입니다."

그는 처음 보는 사람에게 흉금을 터놓고 말하는 내게 감동한 모양이었다. 젊음이란 그 무엇보다 솔직함에 감동하기 쉬운 시절 아닌가! 그는 내가 자신을 찾아온 것은 마치 인생에 행운이 저절로 찾아온 것과 같으며 내가 자신을 믿어준 것이 너무 고맙다고 말했다. 그리고 자신이 그다지 큰 힘을 갖고 있지 못해서 직접 마농을 석방시킬 수는 없지만 나와 마농을 만나게 해줄 수는 있으며, 마농을 내 품으로 돌려주기 위해 자신이 도울 수 있는 일은 무엇이든 하겠다고 말했다. 마구 큰 소리를 치지 않고 자신이 할 수 있는 일을 정확히 말해주는 그에게 나는 신뢰감이 생겼다. 게다가 마농을 만날 수 있게 해준다니! 그것만으로도 그가 너무 고마웠다.

내가 솔직하게 내 마음을 이야기해주자 그도 내가 선량한 사람이라는 것을 확신하게 된 것 같았다. 우리는 다정하게 포옹했다. 온화하고 친절한 한 젊은이가 자신과 비슷한 사람을 만나서 서로 좋아하게 되는 것, 그것은 가장 단순하면서도 가장 확실하게 친구가 될 수 있는 길이다. 우리는 단번에 친구가 되었다. 내가 그동안 어떤 일을 겪었는지 모두 알게 된 그는 내 호주머니 사정이 어려우리라고 짐작하고 내게 지갑까지 내놓았다. 하지만 아무리 어려운 처지라도 그것만은 받을 수 없었다.

우리는 다음 날 만날 장소와 시각을 정하고 헤어졌다. 우리는 오후 4시쯤 한 주점에서 만나 함께 감화원으로 갔다. 감화원 중앙 뜰을 지날 때 내 다리가 후들거렸다.

T가 문지기들에게 말을 걸자 그들은 앞다투어 그의 마음에 들려고 애를 썼다. 권력이 막강한 감화원 이사의 아들이니 당연했다. 그가 마농의 방이 어디냐고 묻자 큼지막한 열쇠를 든 남자 한 명이 우리를 안내했다. 문 가까이 가자 내 심장은 격

렬하게 방망이질을 했다. 내가 T에게 말했다.

"당신이 먼저 들어가서 내가 왔다는 것을 알려주십시오. 갑자기 나를 보면 그녀가 너무 놀랄 것 같아요."

드디어 문이 열렸다. 그는 안으로 들어갔고 나는 문 앞에 서 있었다. 그가 그녀에게 소중한 친구 한 명과 같이 왔다고 말했다. 그녀는 그 친구가 바로 나라는 것을 직감적으로 알아챈 것 같았다.

내가 안으로 들어가자마자 그녀는 번개처럼 달려와 내게 안겼다. 단 한순간의 이별도 아쉬운 연인들에게 3개월 만의 재회가 어떻게 벅차지 않을 수 있겠는가! 둘 사이에 끊임없이 나오는 감탄사, 주위를 전혀 의식하지 않고 오로지 서로에게만 열중한 채 속삭이는 사랑의 말들! 이 모든 것이 T를 감동시킨 모양이었다.

"정말로 부럽습니다. 이렇게 아름답고 정열적인 연인은 세상 그 무엇과도 바꿀 수 없을 겁니다."

마농과 나는 그동안 있었던 일을 서로에게 이야기해주었다. 다행히 이곳에서 생필품은 부족한 것 없이 지내고 있으며 바느질과 책 읽기로 소일하고 있다고 했다. T는 우리의 애처로운 이별에 종지부를 찍게 할 수 있는 일이라면 무슨 일이건 돕겠다며 우리를 위로했다. 그리고 다음번에 좀 더 쉽게 면회를 할 수 있도록 오늘은 좀 짧게 끝내자고 했다.

나도 아쉬웠지만 마농은 거의 막무가내였다. 그녀는 내 손을 놓지 않았으며 일어서려는 나를 몇 번이고 의자에 주저앉혔다.

"아, 나를 이런 곳에 놔두고 혼자 가지 마세요! 우리가 다시 만날 수 있다고 누가 보장해줄 수 있겠어요?"

그러자 T가 앞으로 나서며 나와 함께 자주 면회를 오겠다고 말하더니 아주 쾌활하게 덧붙였다.

"이제 이곳을 감화원이라고 부르면 안 되겠어요. 여기는 베르사유 궁입니다. 모든 남자들의 마음을 설레게 만드는 여왕님이 계시는 곳이니까요."

나는 마농을 달랜 후 T와 함께 그 방을 나섰다. T는 마농을 담당하고 있는 간수에게 금화 한 닢을 주면서 마농을 잘 돌봐달라고 부탁하는 것을 잊지 않았다. 간수도 우리의 재회를 지켜보고 있었기에 우리의 사랑에 감동한 것 같았다. 게다가 그의 손에 쥐어준 루이 금화가 위력을 발휘했다. 중앙 정원으로 나오자 그가 나를 한적한 곳으로 데리고 가더니 뜻밖의 제안을 했다.

"나리, 만일 제가 이곳에서 쫓겨나더라도 제게 보상을 해주시거나 저를 고용해주시겠다고 약속하실 수 있습니까? 그러면 제가 마농 아씨를 도망치게 해드릴 수도 있습니다요."

나는 귀가 번쩍 뜨였다. 나는 무일푼 신세면서도 충분히 보상을 해주겠다고 약속했다. 어떻게든 방법을 찾을 수 있으리라고 믿었다. 내 입에서 말이 술술 나왔다.

"아무 걱정 말게. 자네가 원하는 건 다 해주겠네. 자네는 한 몫 잡은 셈이야. 그런데 어떻게 마농을 도망치게 해줄 수 있단 말인가?"

"뭐, 대단할 것도 없습니다. 제가 밤중에 그분의 방문을 열고 정문까지 모셔 가면 그만이지요. 나리는 거기서 기다리시기만 하면 됩니다."

"복도나 마당을 지날 때 남의 눈에 띌 염려가 없을까?"

"위험이야 있겠지요. 하지만 어느 정도 모험을 각오하지 않고는 일을 성사시키기 어려운 법 아닌가요?"

나는 그의 두둑한 배짱이 마음에 들었다. 나는 T에게 이야기했다. 그는 그 방법을 써서 도망쳐 나올 수는 있겠지만 도망친 후가 걱정이라고 말했다. 파리에 있다가는 곧바로 다시 체포될 수 있다는 것이었다. 나는 이곳에서 나오는 즉시 파리를 떠나 숨어서 지내겠다는 말로 그들 설득했다. 결국 그도 동의했고 다음 날 당장 실행에 옮기기로 했다.

우리는 탈주에 만전을 기하기 위해 마농에게 남장을 시키기로 했다. 하지만 방법이 문제였다. 그때 내게 묘안이 떠올랐다. 나는 이튿날 면회 때 T에게 얇은 조끼를 두 장 겹쳐 입고 오라고 부탁했다.

이튿날 아침 우리는 감화원으로 갔다. 나는 마농이 입을 속옷과 양말을 준비했다. T는 조끼를 벗어주었고 나는 윗도리를 벗어주었다. 그녀는 감쪽같이 남장을 할 수 있었다.

해질 때까지의 시간이 견딜 수 없을 만큼 길었다. 드디어 밤이 되자 우리는 마차를 타고 감화원으로 갔다. 얼마 지나지 않아 마농이 간수와 함께 나타났다. 우리가 미리 마차 문을 열어두었으므로 둘은 재빨리 마차에 올랐다. 나는 내 소중한 연인을 품에 안았다. 그때 마부가 어디로 모실까 물었다. 나는 잔뜩 흥분한 상태였기에 내 마음속 진정한 소망을 그에게 말해버렸다.

"이 세상 끝, 어디로든 가주게나. 마농과 영원히 헤어지지 않을 곳으로 말일세."

그 말에 마부는 무슨 낌새를 챈 것 같았다.

"아이고, 나리를 모셨다가는 제가 경을 치겠습니다. 저 남장을 한 분은 여자지요? 감화원에서 빼돌린 거지요?"

마부는 삯을 두둑하게 받으려고 수작을 부렸다. 감화원이 바로 코앞이었으므로 녀석의 수작에 넘어가는 수밖에 없었다.

나는 마부에게 낮은 목소리로 말했다.

"조용히 하지 못해! 루이 금화 한 닢을 벌고 싶지 않은 모양이지?"

그 말에 마부는 감화원에 불을 지르는 일이라도 돕겠다는 기세로 나왔다. 우리는 레스코의 집으로 갔다. 늦은 시각이었으므로 T는 내일 다시 만나자며 중간에 우리와 헤어졌다. 레스코의 집에 도착하긴 했지만 마부와 약속한 돈이 내게는 없었다. 나는 레스코를 불러 마부에게 루이 금화 한 닢을 약속했다고 말했다. 하지만 성질이 급한 그는 당장에 고함을 쳤다.

"뭐야? 루이 금화? 저런 사기꾼 녀석은 실컷 맞아봐야 정신을 차릴 거야!"

내가 그를 말리려 했지만 그는 어느새 내 손에 들려 있던 지팡이를 낚아채서 마부를 후려치려 했다. 마부는 자기를 속이다니 어디 두고 보자고 소리소리 지르며 도망갔다. 멈추라고 거듭 외쳐보았지만 소용이 없었다. 마부를 그런 식으로 보내고 나니 불안해서 견딜 수가 없었다. 그자가 경찰에 신고할 것이 뻔했다.

"도대체 왜 그런 거요? 당신 집도 안전할 수가 없소. 빨리 도망가야겠소."

우리는 그 거리를 빠져나왔다. 간수도 우리를 따라왔다.

그런데 한 5, 6분 걸었을까? 근처를 어슬렁거리던 한 사내가 레스코를 향해 갑자기 총을 겨누었다. 그러더니 방아쇠를 당기며 외쳤다.

"레스코! 오늘 밤엔 천사들과 함께 식사하게 됐군!"

그러더니 그자는 순식간에 어디론가 사라져버렸다.

레스코는 그 자리에 쓰러진 채 꼼짝도 하지 않았다. 죽은 게 틀림없었다. 도리가 없었다. 마농과 나는 간수와 함께 재빨리 그 자리를 떠났다. 마침 마차가 지나가기에 잡아탔다. 어디로 가야 할지 막막했다. 그때 샤이요의 여관이 머리에 떠올랐다. 거기라면 안전하게 있을 수 있을 뿐 아니라 얼마 동안 방값 독촉을 받지 않고 지낼 수 있으리라는 생각이 들었다.

밤늦은 시각이니 10프랑 이하로는 절대 갈 수 없다고 버티는 마부를 달래서 내가 가진 전 재산 6프랑으로 타협을 보고 겨우 샤이요에 갈 수 있었다. 마농은 거의 초죽음 상태였다. 나도 마찬가지였다. 마농이 곁에 없었다면 삶을 포기해버렸을지 모를 지경이었다. 오로지 그녀의 존재만이 내게 살아갈 힘을 주었다. 나는 생각했다.

'나에게는 적어도 마농이 있다. 그녀는 나를 사랑하고 있다. 그녀는 내 것이다. 이건 행복의 망령이 아니다. 진정한 행복 그 자체다. 티베르주의 말은 틀렸다. 그녀 말고는 아무 애착이 없으니 온 우주가 멸망한다 해도 나는 눈 하나 깜짝 않을 것이다.'

사랑은 부유함보다 훨씬 강하다. 그래도 내게는 재물이 필요했다. 내가 재물을 하찮게 여기면서도 그 일부를 가지려 하는 것은 나머지 전부를 경멸하기 위해서라는 생각이 들었다.

사랑을 위해서는 그 일부가 필요하다.

　우리는 11시쯤 샤이요에 도착했다. 여관 주인은 우리의 얼굴을 알아보고 반겼다. 나는 여관 주인에게나 마농에게나 내가 무일푼이라는 내색을 전혀 하지 않았다. 다음 날 파리로 가서 어떻게든 이 난국을 헤쳐 나갈 돈을 마련할 작정이었다. 돈이 있어야 그녀가 내 곁을 떠나지 않게 할 수 있을 것 아닌가.
　나는 밤새 마농과 사랑을 나눈 후 다음 날 일찍 파리로 갔다. 마차 삯이 없었으므로 걸어서 가야 했다. 어쨌든 지갑을 채워야만 했다. T가 흔쾌히 지갑을 내민 적도 있었지만 다시 그에게 손을 벌릴 수는 없었다. 내 자존심이 도저히 허락하지 않았다.
　결국 티베르주의 이름이 떠오를 수밖에 없었다. 그의 질책이나 설교를 들을 각오를 해야 했지만 방법이 없었다. 나는 생각했다.
　'마농을 위한 일에 그 정도는 감수해야 해.'
　파리에 들어서자 뤽상부르 공원으로 가서 티베르주에게 기다리고 있다는 전갈을 넣었다. 그는 지체 없이 달려왔다. 나는 형편을 숨김없이 말했다. 그는 전에 내가 빌렸다가 자신에게 돌려준 1,000프랑이면 되겠느냐고 물었다. 그리고 싫은 말이나 싫은 내색 없이 돈을 가지러 갔다. 잔소리 한마디 않고 돈을 내주는 그가 너무도 고마웠다.

하지만 그건 오산이었다. 돈을 건네준 후 그는 잠시 오솔길을 걷자고 제안했다. 마농에 대한 말을 하지 않았기에 마농이 감화원에서 나온 일을 그는 모르고 있었다. 그는 생라자르에서 탈출한 것은 무모한 짓이라면서 내가 다시 방종의 길로 빠질까 봐 끊임없이 걱정했다.

그는 내가 탈출을 감행한 이튿날 생라자르로 갔다가 그 소식을 들었다고 했다. 당연히 깜짝 놀랐다. 원장은 아직 두려움에서 벗어나지 못하고 있다고 했다. 그럼에도 원장은 내가 탈출한 것을 경시총감에게 알리지 않고 있었다. 그는 그만큼 너그러웠다. 그리고 수위의 죽음에 대해서도 밖에 알려지지 않도록 조치했으니 그 점은 염려하지 않아도 된다고 했다. 그러니 조금이라도 사리 분별이 있다면 하늘이 내려주신 이 기회를 이용해야 한다면서, 먼저 아버지에게 편지를 써서 화해하고 가족의 품으로 돌아가라고 열심히 충고했다.

나는 그의 충고에 끝까지 귀를 기울였다. 생라자르 일이 걱정할 게 하나도 없다는 소식은 정말 반가웠다. 파리 거리에서 나는 이제 자유로운 몸이 된 것이다. 또 하나 다행인 것은 마농이 감화원을 탈출한 것을 그가 전혀 모르고 있다는 사실이었다. 나는 그녀 이야기를 절대 하지 않았으므로 그는 내가 그녀를 잊었다고 생각할지도 몰랐다.

나는 티베르주에게 아버지께 기꺼이 편지를 보내겠다고 말했다. 학교에서 공부하겠다며 돈을 부탁하기 위해서였다. 사실 나는 아버지를 완전히 속일 생각은 아니었다. 나는 마농과 살면서 공부를 계속하겠다는 생각을 하고 있었다. 그와 헤어진 후 실제로 아주 공손한 편지를 아버지에게 보냈다.

티베르주와 헤어진 후 나는 T의 집으로 갔다. 느긋한 마음에 마차를 잡지 않고 이런저런 생각을 하며 걸어갔다. 그런데 T의 집이 가까워지자 불현듯 걱정거리가 떠올랐다. 잘 마무리된 것은 생라자르의 일일 뿐 감화원 사건은 여전히 문제로 남아 있는 것 아닌가? 게다가 레스코의 죽음은 어떻게 마무리되었을까?

그러나 T를 만나고 보니 만사가 다 해결되었음을 알게 되었다. T는 감화원 소식이 궁금해서 다음 날 마농을 면회하러 온 척하고 그곳에 가보았단다. 그런데 사람들은 나나 T를 의심하기는커녕 오히려 무슨 재미있는 이야깃거리라도 생긴 듯 법석을 떨었다는 것이었다.

"아니, 마농처럼 아름다운 여자가 어떻게 그런 간수 따위와 눈이 맞아 도망할 마음을 품은 거지?"

그들이 떠들어댄 이야기였다.

T는 마농을 보고 싶어 레스코의 집으로 가보았다고 했다. 그런데 집주인이 나도 마농도 본 일이 없다면서 레스코가 살해당한 일에 대해 이야기해주더라는 것이었다. 주인이 들려준 이야기는 다음과 같았다.

사건이 일어나기 두 시간 전쯤 레스코의 동료 한 명이 그를 찾아와 도박을 했다. 그런데 레스코가 한 시간 만에 친구의 전 재산인 500프랑을 따버렸다. 돈을 잃은 친구는 레스코에게 잃은 돈의 절반만 빌려달라고 했다. 그 일로 둘은 심하게 말다툼을 벌였다. 마침내 그 친구가 레스코에게 결투를 요청했고 레스코는 거절했다. 그 친구는 그날 밤 레스코의 집 앞 골목에서 기다리다가 권총으로 그를 살해했다.

모든 것이 깨끗했다. T와 헤어진 나는 두세 군데 가게에 들러 마농의 옷가지를 사들고는 집으로 돌아왔다.

기사 데 그리외가 벌써 긴 시간 이야기를 했기에 이쯤에서 잠시 쉬고 저녁을 함께하자고 권했다. 데 그리외는 순순히 내 권유를 따랐다. 식사를 마치자 그가 다시 이야기를 이어갔다.

제2부

1

　　　　　그 후 T는 우리에게 자주 찾아와 매
우 다정하게 우리를 대했다. 마농은 내가 늘 곁에 있는 데다 T
가 다정하게 대해주는 바람에 마음이 한결 편해진 것 같았다.
내게는 1,000프랑밖에 없었지만 이전과 달랐다. 사랑하는 마
농과 함께 있으니 보물을 산더미처럼 쌓아놓은 부자보다 더
행복했다. 게다가 스무 살이 되면 어머니 유산에 대한 분배
를 요구할 권리가 생길 것이고 아버지도 반대하실 이유가 없
을 테니 걱정할 일이 없을 것 같았다. 나는 지금 내 전 재산이
1,000프랑뿐이라는 것을 마농에게 당당하게 말해주었다. 나에
게 주어진 권리를 행사해서건 도박을 통해서건 지금보다 훨씬

나은 생활이 내 앞에 기다리고 있다고 믿었기 때문이었다.

　나는 더없이 평온한 가운데 지내고 있었다. 하지만 그 평온은 하늘이 나를 가장 가혹하게 처벌하기 전에 잠시 가져다준 것일 뿐이었다.

　어느 날 T와 만찬을 들고 있을 때였다. 마차 한 대가 숙소 앞에 멈추는 소리가 들렸다. 이렇게 늦은 시각에 도대체 어떤 사람이 찾아왔는지 의아했다. 마르셀이 알아보러 나갔다. 마르셀은 감화원에서 마농을 탈출시켜준 간수로, 내 하인이 되어 우리와 함께 지냈다. 그런데 정말 뜻밖이었다. 찾아온 사람은 바로 아들 GM이었다. 나를 생라자르 감옥에다, 마농을 감화원에다 처넣은 그 늙은 원수 GM의 아들.

　나는 T에게 말했다.

　"주님이 응징하라고 저자를 보내주신 겁니다. 비겁한 저자의 아버지 대신 저자에게 칼로 복수하고 말겠어요."

　그런데 뜻밖에도 그런 나를 T가 말렸다.

　"잠깐 진정해요. 나는 그와 잘 아는 사이랍니다. 아주 좋은 친구예요. 그는 아버지와는 달라요. 당신도 그를 알고 나면 좋아하게 될 겁니다."

T가 그와 나를 소개해주기 위해 부른 것이었다. 그는 온갖 말로 아들 GM을 칭찬했다. 나는 적의 아들에게 우리의 거처를 알리는 것은 너무 위험하다고 말했지만, T는 그와 친하게 지내는 것이 오히려 우리의 안전에 도움이 될 것이라며 나를 설득했다. 그가 그렇게까지 GM을 옹호하고 나서는 데야 더 이상 반대할 수가 없었다.

T는 직접 밖으로 나가 그를 방으로 안내했다. 오는 도중 그가 만날 사람이 누구인지 말해주었음에 틀림없었다.

방 안에 들어서는 그의 태도는 과연 호감을 살 만했다. 그는 나를 정중하게 껴안았던 것이다. 그는 우리와 함께 식사하면서 마농과 나와 자기 아버지가 관련된 일을 모두 알고 있다며 아버지가 한 일에 대해 공손하게 사과했다.

그러나 나는 대화가 시작된 지 반 시간도 되지 않아 그가 마농에게 반해버렸다는 사실을 눈치챘다. 그가 직접 자신의 감정을 표현한 것은 아니었지만 사랑의 경험을 충분히 쌓은 나로서는 그 느낌을 알아챌 수 있었다. 그는 밤새 우리와 지내다 아침에 T와 함께 마차로 돌아갔다.

하지만 나는 그를 질투하지 않았다. 마농은 다시는 나를 배반하지 않겠다고 수시로 말했고 나는 그녀를 믿었다. 이 아름다운 여인은 나를 완전히 사로잡고 있었기에 그녀를 향한 나의 마음은 신뢰와 애정 외에 아무것도 없었다. 그녀가 아들 GM을 사로잡았다고 해서 그녀를 탓하기는커녕 오히려 기분이 좋아질 정도였다. 세상 사람들이 모두 아름답다고 칭송하는 여인, GM 같은 젊은이가 당장 반할 정도의 매력을 지닌 여인이 나를 사랑한다는 사실이 자랑스러워 견딜 수가 없을 지경이었다.

그런데 며칠이 지난 뒤였다. T가 나를 찾아와 난처한 표정을 지으며 은밀하게 말했다.

"당신에게 이 사실은 꼭 알려줘야겠소. 다 내 잘못이니까. GM이 당신의 연인을 사랑하게 되었답니다. 그건 옳지 않은 일이라고 말했지만 자신도 어쩔 수 없다고 하더군요. 그러면서 은근히 마농에 대해 알아본 모양입니다. 마농이 호사와 쾌락을 좋아한다는 걸 알게 된 거지요. 그는 큼지막한 선물과 돈 1만 프랑으로 마농을 유혹할 속셈입니다. 그를 이리로 끌어들인 게 바로 나니까, 당신에게 사실을 알려줘야 한다고 생각했어요."

나는 그 사실을 알려준 데 대해 T에게 감사했다. 그리고 마 농이 가난을 참지 못한다는 것을 고백한 후 덧붙였다.

"하지만 그녀가 단순히 재산 때문에 나를 버리고 다른 남자 에게 가지는 않을 겁니다. 그녀가 불편하게 지내지 않도록 내 가 애를 쓰고 있고, 또 우리 형편이 훨씬 나아질 수도 있으니까 요. 문제는 GM이 아버지 복수를 하지나 않을까 하는 거지요."

"그 점은 걱정 말아요. 그는 그렇게 비열한 짓을 할 사람은 아닙니다. 다만 사랑에 눈이 멀었을 뿐이에요. 만에 하나 그가 그런 짓을 한다면 내가 앞장서서 그 대가를 치르게 하겠소. 어 쨌든 그가 마농에게 사랑을 고백하러 정오까지 이리로 오겠 다고 했어요."

그의 방문이나 사랑 고백을 막을 방법이 없다고 생각한 나는 차라리 이 사실을 마농에게 먼저 귀띔해주는 게 낫겠다고 생각 했다. 내 생각을 T에게 말하자 그는 그건 위험하다고 말했다.

내가 그에게 말했다.

"나도 알고 있어요. 하지만 나는 나를 향한 그녀의 사랑을 믿습니다. 웬만한 재물이 아니면 넘어가지 않을 겁니다. 그녀는 돈 자체를 탐내는 욕심쟁이가 아니거든요. 단지 편안한 생활을 바랄 뿐이지요. 게다가 그자가 누굽니까? 자신을 감화원에 보낸 자의 아들이 아닙니까? 그녀가 나를 버리고 그를 택할 리 없어요."

나는 마농에게 가서 T에게 방금 전해 들은 이야기를 해주었다. 그녀는 자신을 믿어주어 고맙다고 말한 후 GM에게 다시는 그런 망상에 빠지지 않도록 단단히 일러두겠다며 나를 안심시켰다. 나는 그녀에게 말했다.

"그럴 필요 없어. 공연히 그를 화나게 하면 안 돼. 그보다는 당신이 성가신 애인 정도는 가볍게 잘 처리할 것 같은데……."

그녀는 잠시 생각하더니 웃으며 말했다.

"아, 내게 좋은 생각이 있어."

"무슨 생각?"

"나는 참 머리가 잘 돌아가. GM은 우리에게 피해를 입힌 자의 아들이잖아. 그 늙은이에게 복수하는 셈 치고 그 아들의 돈을 뜯어내는 거야. 말을 듣는 척하면서 선물을 받아들이는 거야."

"지난번에 그러다가 감화원에 갔잖아. 또 위험한 짓을 할 수는 없어."

하지만 내가 아무리 말려도 소용없었다. 방법만 잘 찾으면 아무 문제 없을 거라며 그녀는 오히려 나를 설득했다. 그녀와 나는 오랫동안 티격태격한 끝에 결국 내가 지고 말았다. 사랑하는 여인에게 이길 남자는 없는 법이다. 나는 걱정이 태산 같았지만 결국 GM을 속이기로 결심했다.

2

　　11시쯤 되었을 때 GM의 마차가 도
착했다. 그는 사전에 양해도 없이 점심 식사 시간에 찾아온
것에 대해 사과했다. 그는 T를 보고도 놀라지 않았다. GM은
어제 T에게 모든 이야기를 털어놓고 함께 이곳에 오자고 T에
게 제안했었다. 하지만 T는 내게 미리 와서 말해주려고 그에
게 적당히 둘러댔던 것이었다.

　T가 먼저 내 집에 와 있는 것을 본 GM은, 그가 자신의 제안
을 받아들여 협조하기로 한 것으로 생각하고 있는 것이 틀림
없었다.

　우리 모두는 배신을 마음속에 품고 있는 셈이었다. 하지만

겉으로는 우정과 신뢰가 넘치는 태도를 보이며 함께 식탁에 앉았다. 내가 잠시 자리를 비운 사이 GM은 숨김없이 자신의 마음을 마농에게 고백한 모양이었다. 내가 다시 자리에 돌아왔을 때 그는 눈에 띄게 밝은 표정이었다. 나도 기분 좋은 표정으로 그를 대했다. 그는 마음속으로 내가 멍청하다고 비웃고 있음에 틀림없었다. 하지만 나는 나대로 그가 어리석게 속고 있다며 속으로 비웃고 있었다. 그가 돌아가기 전에 나는 일부러 마농과 단둘이 이야기할 시간을 그에게 마련해주었다.

GM과 T는 오후 늦게 마차를 타고 돌아갔다. 그들이 마차에 오르자마자 마농은 두 팔을 벌리고 함박웃음을 지으며 내게로 달려와 안겼다.

"글쎄, GM이 무슨 말을 했는지 들어봐. 자기는 유산은 별도로 하더라도 지금 1년에 4만 프랑을 마음대로 쓸 수 있대. 그걸 나랑 같이 쓰자는 거야. 그리고 마차와 집, 하녀 1명과 하인 3명을 주겠대."

"거참 대단하네. 그 아버지에 그 아들이로군. 당신 마음이 흔들리겠어. 대단한 사랑의 화살이야."

"사랑의 화살이라고? 복수의 침이 되어서 그에게 돌아가

꽂힐걸. 두고 봐. 아무튼 자세한 건 글로 적어 보내겠다고 했으니 기다려보기로 해."

얼마 후 하인 한 명이 GM의 편지를 가져왔다. 마농은 답장 쓸 시간이 필요하다며 하인을 기다리게 하고는 곧장 내게로 달려왔다. 우리는 함께 편지를 열어보았다.

흔해 빠진 구애의 표현 끝에 그는 약속했던 세부 사항을 꼼꼼하게 적어놓았다. 집을 구하는 대로 1만 프랑을 지불할 것이며, 마농이 늘 그만한 액수의 돈을 지닐 수 있게 해주겠다고 적혀 있었다. 보수 공사를 해야 하니 이틀 후면 집에 들어갈 수 있다고도 적혀 있었다.

그는 집 주소를 적은 뒤 거기서 기다릴 테니 그녀가 도망쳐 나오면 곧장 그 집으로 와달라고 했다. 그가 걱정하는 건 마농이 내게서 쉽게 빠져나올 수 있는가 하는 것뿐이었다. 그는 모든 것이 자신만만했다. 그는 자기 아버지와 마찬가지로 돈의 힘을 믿었다.

하지만 GM은 아버지보다 더 교활했다. 돈과 선물을 주기 전에 우선 먹잇감부터 손안에 넣으려는 속셈이었던 것이다. 나는 다시 한 번 마농에게 단념하라고 설득했다. 그러나 일단 결심한 이상 그녀의 마음은 움직이지 않았다. 하는 수 없이 나는 우리가 앞으로 어떻게 해야 할지 그녀와 함께 계획을 짤 수밖에 없었다.

그녀는 내 곁을 떠나 파리로 가는 데는 큰 어려움이 없을 것이라고 짧게 답장을 썼다. 그런 후 그 편지를 하인에게 들려 보냈다.

우리 계획은 이랬다. 나는 곧 파리로 가서 그가 얻어놓은 마농의 집과 멀리 떨어진 반대쪽에 집을 얻는다. 그녀는 내일 오후 일찌감치 하인 마르셀과 함께 파리로 가서 GM의 선물을 받는다. 그런 후 곧 코메디프랑세즈 극장에 가고 싶다고 그에게 조른다. 그의 허락을 받은 후 마농은 들고 나올 수 있을 정도의 돈만 몸에 지니고 나머지는 하인 마르셀에게 맡겨놓는다. 마르셀은 극장 앞에서 나를 기다린다. 나는 마차를 극장 근처에 대기시켜놓고 극장으로 간다. 마농은 핑계를 만들어 밖으로 나와 우리와 합류한다. 그리고 함께 새로 마련한 집으로 간다. 아무 문제 없는 완벽한 계획이었다.

계획대로 마농은 집을 나섰다. 나는 마농을 껴안으며 말했다.

"마농, 이번에도 나를 속이는 건 아니겠지? 믿어도 되는 거지?"

그녀는 의심하는 나를 질책하며 맹세를 계속했다. 그녀가 밖으로 나가자 나는 얼마 동안 기다렸다가 샤이요의 집을 나섰다.

파리에 도착한 나는 예정대로 일을 처리한 후 코메디프랑세즈로 갔다. 그런데 나를 기다리기로 한 마르셀의 모습이 보이지 않았다. 나는 한 시간가량을 초조하게 서성였다. 하지만 마르셀도 마농도 나타나지 않았다. 7시를 알리는 시계 소리가 들리고 공연이 끝났지만 마찬가지였다. 나는 15분쯤 더 기다리다가 정신이 멍해서 마차로 돌아갔다.

나를 알아본 마부가 말했다.

"나리, 한 시간 전부터 어떤 아가씨가 기다리고 있습니다요."

나는 마농이겠지 생각하고 반가운 마음에 마차 곁으로 갔다. 마농이 아니었다. 생전 처음 보는 소녀가 나를 기다리고 있었다. 그녀는 내가 기사 데 그리외 씨가 맞느냐고 하더니 내게 편지를 내밀었다.

"그걸 읽어보시면 제가 무슨 일로 왔는지, 당신 이름을 어떻게 알게 되었는지 아실 수 있을 거예요."

나는 그 소녀와 함께 근처 주점으로 들어가 편지를 펼쳤다. 마농의 필체였다. 편지 내용을 간추리면 대충 이랬다.

GM은 마농에게 선물을 듬뿍 안겼다. 그녀는 마치 여왕이라도 된 기분이었다. 그 대목에서 그녀는 나를 절대로 잊지 않겠다고 거듭 다짐했다. 그런데 오늘 밤 코메디프랑세즈로 데려다주는 것을 그가 허락하지 않았다는 것이다. 그녀는 나를 만나는 기쁨을 다른 날로 미룰 수밖에 없다고 했다. 그녀는 내가 얼마나 슬퍼할지 알기에 조금이라도 위로가 되라고 GM에게 부탁해서 예쁜 소녀를 찾았다는 것이며, 편지를 들고 온 소녀가 바로 그녀라는 것이었다.

편지 끝에는 '충실한 당신의 연인 마농 레스코'라는 서명이 있었다.

잔혹하고 모욕적인 편지였다. 나는 격분과 고통에 휩싸여 마농을 영원히 잊으리라 결심했다. 이렇게 은혜도 모르는 거짓말쟁이 연인을 어떻게 믿으라는 말이냐고 속으로 수도 없이 다짐했다. 나는 편지를 가져온 소녀를 다시 바라보았다. 열여섯이나 열일곱 살쯤 된 소녀였다. 상당히 아름다웠다. 그러나 사랑의 여신 같은 마농과는 비교가 되지 않았다.

나는 소녀에게 말했다.

"그 배은망덕한 여자에게, 너를 내게 보낸 건 헛수고라고 분명이 전해. 내가 마음껏 죄악을 즐기라고 말했다고 전해. 내가 영원히 그녀를 버릴 것이라고 전해. 그리고 앞으로 여자는 거들떠보지도 않을 거라고 전해. 여자들은 모두 교활하며 부정하다는 것을 똑똑히 알게 되었다고 전해."

나는 가슴이 찢어지는 것 같았다. 나는 마농과 GM의 노리개가 되었을 뿐 아니라 사랑 그 자체에도 농락당한 것이었다. 나는 주점 의자 위로 몸을 내던졌다. 고통의 눈물이 두 뺨 위로 흘러내렸다.

소녀는 그런 내 모습에 어쩔 줄 몰라 했다. 나는 그녀에게 말했다.

"내게 한 가지만 말해주겠니? 너는 어떻게 해서 여기 오게 된 거지? 어떻게 내 이름을 알게 된 거야? 내가 어디 있는지 어떻게 안 거야?"

나는 혹시 마농이 GM에게 그녀와 나의 계획을 털어놓았는지 알고 싶었다. 만일 그렇다면 나는 수치심에 도저히 살아갈 수 없을 것 같았다.

그녀는 GM과 오래전부터 알고 지내던 사이라고 했다. GM이 5시 무렵 하인을 보내 그녀를 불렀다. 그녀가 하인을 따라 어느 큰 집으로 갔더니 GM이 한 아름다운 여인과 카드놀이를 하고 있었다. 그 두 사람이 그녀에게 편지를 건네며 생탕드레 거리 귀퉁이에서 내가 기다리고 있을 거라고 말해주었다.

나는 미칠 것 같았다. 둘이서 함께 나를 농락한 것이 분명했다. 나는 그밖에 다른 말은 없었느냐고 소녀를 다그쳤다. 그러자 아마 내가 자신을 상대해줄 거라고 둘이 말했다며 얼굴을 붉혔다.

그녀의 말이 떨어지기 무섭게 나는 소리쳤다.

"너는 속은 거야. 넌 잘못 찾아온 거야. 네가 좋아할 만한 사람은 돈도 많고 너를 행복하게 해주는 사람이겠지. 어서 그자에게로 돌아가! 그자는 아름다운 여자들에게 사랑받을 자격이 충분하니까! 나는 줄 게 아무것도 없어! 내가 줄 수 있는 건 사랑과 진실뿐이야! 나는 가난하다고! 여자들은 내 가난을 경멸하고 노리개로 삼을 뿐이야!"

나는 치미는 분노를 참을 수가 없었다. 마농이 나와 세운 계획을 GM에게 모두 털어놓다니! 이런 철저한 배신이 어디 있을 수 있단 말인가!

나는 격렬한 저주의 말을 끝없이 쏟아냈다. 그러자 마음이 어느 정도 가라앉았다. 그리고 반성하는 마음도 생겼다. 나는 생각했다.

'내가 이제까지 겪은 불운보다 더할 것도 없잖아. 마농이 어떤 기질을 갖고 있는지 뻔히 알고 있었잖아. 이런 정도의 불운은 당연히 예상했어야지. 이렇게 슬퍼하고만 있는 건 어리석은 짓이야. 아직 기회는 얼마든지 있어. 바보같이 슬퍼하지만 말고 차분하게 방법을 찾아야 해.'

겨우 정신을 차린 나는 방법을 고민하기 시작했다.

폭력으로 그녀를 GM에게서 뺏어 오는 것은 무모한 짓일뿐더러 성공 확률도 거의 없었다. 어쨌든 우선은 그녀를 만나야 했다. 아주 잠깐만이라도 그녀와 이야기를 나눌 기회가 주어진다면 그녀의 마음을 돌이킬 수 있을 터였다. 이 귀여운 소녀를 내게 보낸 말도 안 되는 짓도 사실은 그녀라서 가능한 짓이었다. 그녀는 나를 사랑하기에 나를 위로하려고 나름 방법을 찾은 것이었다. 그녀는 상식에 어긋나는 짓도 선의로 행할 수 있는 여자였다.

나는 T의 도움을 받기로 했다. 그의 집으로 가서 GM을 불러달라고 부탁할 생각이었다.

'그사이 나는 마농을 만나면 돼.'

이것이 내 계획이었다.

그러자 비로소 마음이 좀 차분해졌다. 나는 심부름 온 소녀에게 돈을 듬뿍 쥐어주면서 그녀의 주소를 물었다. 오늘 밤 내가 그녀를 찾아갈지 모른다는 희망을 심어주었던 것이다. 그녀를 GM에게 돌아가지 못하게 만들기 위해서였다.

나는 마차를 타고 T의 집으로 갔다. 다행히 그는 집에 있었다. 그에게 내 고민을 말하고 부탁할 일을 털어놓았다. 그와 나는 이제 서로 말을 놓을 정도로 친해져 있었다. GM이 마농을 그런 식으로 유혹했다는 것을 알고 그는 몹시 분노했다. 그가 힘을 써서라도 마농을 빼오겠다고 흥분하는 바람에 오히려 내가 그를 달래야 할 정도였다.

"냉정하게 하자고. 내 부탁은 간단해. 어떤 수를 쓰든 GM을 밖으로 유인해서 두세 시간만 붙잡아놓으면 돼."

그는 알았다며 지체 없이 집을 나섰다. 도중에 우리는 GM을 어떻게 유인해낼지 방법을 상의했다. GM은 자신이 도박으로 큰돈을 잃었고 외상으로 돈을 걸었다가 또 실패해서 당장 돈이 좀 필요하다고 말하겠다고 했다. 우리는 주점으로 들어갔고 T는 거기서 짧은 편지를 썼다.

우리 둘은 함께 마농의 집으로 갔다. 나는 길모퉁이에 몸을 숨겼다. T는 하인에게 편지를 건네주었다. 곧이어 GM이 하인을 데리고 허겁지겁 나오는 것이 보였다.

그들이 사라지자 나는 가만히 문을 두드렸다. 다행히 문을 열고 나온 것은 마르셀이었다. 나는 곧장 마농의 방으로 갈 수 있었다. 방으로 들어가니 마농은 한창 책 읽기에 빠져 있었다. 정말 기묘한 성격을 지닌 여인이었다. 이런 와중에 편안하게 책을 읽고 있다니! 아마 그 때문에 내가 그녀를 더 찬미하지 않을 수 없는지도 모를 노릇이었다.

그녀는 나를 보고 두려워하거나 낭패한 표정을 짓기는커녕 그저 약간 놀라기만 했을 뿐이었다. 예상하지 못한 곳에서 아는 사람을 만났을 때 짓게 되는 그런 표정을 지었을 뿐이었다.

"어머 당신이네."

그녀는 마치 아무 일도 없는 듯 평소와 다름없이 말하며 나를 안으려 했다. 나는 어이가 없었다.

나는 그녀의 손을 뿌리치고 경멸하는 눈초리로 쳐다보았다. 내가 그녀를 밀쳐내며 두세 걸음 뒤로 물러서자 그녀는 당황한 것 같았다. 그녀는 그 자리에서 꼼짝도 하지 않고 나를 바라보았다. 그녀의 낯빛이 점차 변해갔다.

나는 분노를 터뜨려야 함에도 불구하고 그녀를 만난 기쁨에 그녀를 꾸짖을 생각조차 하지 못하고 있었다. 내 가슴은 그녀로부터 받은 모욕에 부글부글 끓고 있었다. 나는 그 모욕을 억지로 떠올리며 사랑의 불꽃이 아닌 노여움의 불꽃을 두 눈을 통해 보여주려 애썼다. 그녀는 떨고 있었다. 나는 그 모습을 그대로 두고 볼 수가 없었다.

마침내 나는 부드러운 목소리로 그녀를 부르고 말았다.

"아, 마농!"

이어서 나는 억지로 힘을 내어 그녀에게 말했다.

"이 부정한 여자 마농, 새파랗게 질려 떨고 있군. 하지만 나는 그 정도가 아냐. 내 마음은 갈기갈기 찢어져버렸다고. 자기 연인에게 이런 상처를 주다니 죽음을 각오하지 않고서야 어떻게 그럴 수 있지? 마농, 이게 벌써 세 번째야. 나는 이런 참혹한 배신을 더 이상 견딜 수 없어. 내 심장이 지금 당장 터져

버릴 것 같단 말이야!"

나는 의자에 털썩 주저앉으며 말했다.

"이제 더 이상 말할 기운도 없어. 더 이상 내 몸을 지탱하기도 힘들어."

그녀는 한마디도 하지 않았다. 그녀는 내가 의자에 앉자 내 앞에 무릎을 꿇었다. 그리고 내 무릎에 얼굴을 묻고 내 손으로 자기 얼굴을 감싸려 했다. 내 손이 이내 그녀의 눈물로 젖었다. 아, 신이시여! 나는 감동에 휩싸이고 말았다.

나는 탄식을 내뱉으며 말했다.

"마농! 아, 나의 마농! 나를 죽도록 괴롭혀놓고 이제 와서 눈물을 흘리다니! 이젠 너무 늦었어. 마음에도 없는 슬픔으로 가장하지 마. 나와 함께 있는 게 당신에게는 제일 괴로운 일이잖아."

그녀는 꼼짝도 하지 않은 채 내 손에 입을 맞추었다.

"마농! 당신은 은혜도 모르는 여자야. 나와 한 약속과 맹세는 다 어디로 가버린 거지? 바람둥이에다 잔인한 여자. 오, 정의로우신 주님! 성실함과 정숙함을 지킨 제가 이렇게 절망 속을 헤매도 되는 건가요?"

그제야 그녀가 입을 열었다.

"내가 나빴어. 당신을 이렇게까지 괴롭히고 화나게 했으니까. 하지만 아, 하느님. 제가 일부러 나쁜 생각으로 그런 거라면 저를 벌해주세요!"

그녀의 뻔뻔한 말에 나는 격한 노여움에 사로잡혔다.

"무슨 거짓말을 하고 있는 거야! 당신이 지조 없고 부정한 여자라는 게 훤히 드러난 마당에! 게다가 자기변명까지! 비열하기까지 하군. 이제 더 이상 당신을 보지 않겠어. 잘 있어, 더러운 여자 같으니!"

나는 자리를 박차고 일어나며 덧붙였다.

"앞으로 당신을 만나느니 차라리 죽어버리는 게 백배 낫겠어. 새 애인과 뒹굴면서 많이 사랑해주라고. 나를 열심히 미워하고 양심이니 명예니 하는 건 다 버려. 내 열심히 비웃어줄 테니 당신 하고 싶은 대로 하며 살라고!"

그녀는 흥분하는 내 모습에 놀라 의자 곁에 무릎을 꿇은 채 바들바들 떨고 있었다. 나는 몇 걸음 문 쪽으로 걸어갔다. 하지만 내 눈은 여전히 마농을 바라보고 있었다. 아, 그녀를 보면서 냉혹해진다는 건 얼마나 어려운 일인지! 인간으로서 가지는 모든 감정을 버린 후에나 가능하리라!

나는 돌연 그녀 쪽으로 몸을 돌렸다. 그리고 아무 생각 없이 그녀에게 달려들었다. 나는 그녀를 두 팔로 끌어안고 격렬한 입맞춤을 퍼부었다. 그리고 내가 격앙했던 것을 용서하라고, 내가 짐승이 되었었다고 고백했다.

그녀를 앉힌 다음 이번에는 내가 무릎을 꿇고 내 말을 잘 들어달라고 간청했다. 나를 용서해준다고 한마디만 해달라고 간청했다. 그러자 그녀가 내 목을 끌어안으며 오히려 자기를 용서해달라고, 자기가 변명을 한들 내가 믿어주지 않을 거라고 말했다.

나는 그녀의 말을 가로막으며 말했다.

"내가? 아니야, 내게 변명 같은 거 하지 않아도 돼. 당신이 한 일은 뭐든지 다 괜찮아. 당신 행동을 따지고 들다니 정말 나답지 못했어. 나는 당신이 사랑해주기만 한다면 더없이 행복하고 만족스러울 따름이야. 마농, 내가 짐승처럼 굴었던 것에 대해 용서를 빌었으니 이제 내 괴로움을 말해도 되겠지? 나는 이제 어떻게 해야 하지? 당신 생각이 뭐야? 나는 당신 생각대로 하겠어. 내 연적과 하룻밤을 지낸 후 나를 죽일 생각이었어? 만일 그렇다면 나는 기꺼이 죽어주겠어."

내 말에 그녀는 놀라는 것 같았다. 그녀는 잠시 생각에 잠겨 있더니 말했다.

"왜 처음부터 당신이 그렇게 괴로워하는지 말하지 않았어? 나는 내가 당신한테 쓴 편지 때문에 화를 내는 줄 알았어. 그 소녀를 당신한테 보내서 화를 내는 줄 알았다고. 내가 GM과 함께 지내려고 당신을 버린 것처럼 보일 수도 있으니까. 아, 내가 아무리 결백하다고 말한들 당신이 믿어주겠어? 모든 게 내게 불리할 뿐이잖아. 하지만 있는 그대로 말할 테니 잘 들어보고 판단해봐."

이어서 그녀는 우리가 헤어진 뒤의 일을 들려주었다.

편지에 쓴 대로 아들 GM은 그녀를 여왕처럼 환대해주었다. 자기 방에서 1만 프랑을 건네준 것은 물론 여러 가지 보석도 주었다. 그중에는 그녀가 이미 그의 아버지로부터 받은 적이 있던 목걸이와 팔찌도 있었다. 아들 GM은 그녀를 위해 새로 하인들을 고용했으며 그들에게 그녀를 여주인으로 생각하라고 지시하기도 했다. 게다가 마차와 말을 비롯해 온갖 선물을 보여준 뒤 저녁까지 카드놀이를 하자고 청했다.

그녀는 계속 말을 이어나갔다.

"솔직히 말할게. 정말 내 눈이 멀 정도로 호사스러운 것들이었어. 이 많은 것들을 버린 채 돈과 보석만 챙겨서 달아난다는 게 아깝다는 생각이 들었어. 그래서 당신과 약속한 곳으로 가는 대신 내 나름대로 계획을 세운 거야.

나는 그 사람이 정말 다루기 쉬운 사람이라는 걸 알아냈어. 그 사람이 내게 묻더군. 당신과 내가 어떤 사이인지 묻고, 당신과 헤어진 게 정말 후회되지 않느냐고도 물었어. 그래서 이렇게 대답해주었지. 우리 사랑은 꽤 오랜 시간이 지났기에 이제 조금 식어가고 있다고, 그러니 당신이 나를 잃는 게 조금은 서운할지 몰라도 큰 불행으로 생각하지는 않을 거라고. 오히려 손발을 묶고 있는 짐을 던 셈일지도 모른다고 했지. 그는 그 말을 다 믿었어. 그리고 앞으로 당신에게 정말 잘해주겠다고 했어. 자기가 할 수 있는 한 당신을 돕겠다고 말이야. 그리고 혹시라도 당신이 다른 애인을 찾을 마음이 있다면 한 명 소개해주겠다고 하더군. 나는 그 사람 의견에 찬성할 수밖에 없었어. 조금도 의심하지 않게 만들어야 했으니까.

하지만 당신과 약속한 게 마음에 걸렸어. 그래서 그 소녀를 당신에게 보내자고 내가 제안한 거야. 그녀를 보니 참 예뻤어. 내가 없으면 당신이 얼마나 적적할까, 내가 없는 동안 잠시 동안이라도 그녀가 당신을 위로해주면 좋겠다는 생각을 했어."

나는 그녀의 말을 꾹 참고 들어주었다. 그녀의 말 가운데는 그냥 듣고 있기에 잔인하고 가혹한 말이 많았다. 그리고 말이야 어떻든 그녀가 나를 배신하려고 했던 것은 너무나 분명했다. 그래서 그녀도 모든 것을 내게 말해준 것이었다.

GM이 자신을 그날 밤 그냥 내버려둘 것이라고는 그녀도 생각하지 않았을 터였다. 그녀는 그와 하룻밤을 보낼 계획이었음을 내게 고백한 셈이었다. 도대체 연인 앞에서 어떻게 이런 해괴한 고백을 할 수 있단 말인가!

하지만 내게도 잘못이 있었다. GM이 그녀에게 반했다는 사실을 알려준 것도 나였고, 그녀의 이 무모한 모험에 맹목적으로 뛰어든 것도 바로 나였기 때문이었다. 나는 스스로를 반성했다. 게다가 타고난 성격 탓에 나는 그녀의 이야기에 감동까지 받았다. 그녀가 너무나 솔직하게 모든 것을 이야기했기 때문이었다.

'마농은 분명 죄를 저지르고 있어. 하지만 나쁜 마음은 조

마농 레스코

150

금도 없어.'

나는 마음속으로 중얼거렸다. 그녀는 경박했지만 한결같았고 감추는 게 없었다. 게다가 무엇보다 나는 그녀를 사랑하고 있었으며 그것 하나만으로 그녀의 모든 결점을 덮을 수 있었다. 나는 그녀를 나의 연적으로부터 어떻게 빼낼 수 있을까 하는 생각에 몰두하기 시작했다.

나는 그녀에게 물었다.

"오늘 밤 누구와 함께 지내려고 했던 거지?"

"그러니까……, 만약……, 그게……."

그녀는 제대로 말을 못 하고 횡설수설할 뿐이었다.

나는 곤혹스러워하는 그녀 모습이 안쓰러워 그 이야기는 그만두고 당장 나를 따라나서라고 말했다.

그녀는 잠시 머뭇거리더니 말했다.

"나도 솔직히 그렇게 하고 싶어. 하지만 1만 프랑은 챙겨야지. 당장 나갈 수는 없어. 그 돈도 안 가지고 어떻게 나간단 말이야?"

나는 그게 중요한 게 아니라며 다 버리고 어서 이곳에서 나가자고 그녀를 타일렀다. GM이 언제 들이닥칠지 모르는 상황에서 이렇게 우물쭈물하고 있을 시간이 없었다. 하지만 그녀는 빈손으로 이 집을 나갈 수는 없다고 우겼다. 조금 시간이 걸리더라도 돈을 챙기자는 것이었다.

우리가 그렇게 티격태격하고 있을 때였다. 문 두드리는 소리가 났다. 나는 GM이 돌아온 줄 알고 그를 한 주먹에 때려눕힐 준비를 했다. 그러나 문을 두드리고 들어선 사람은 하인 마르셀이었다. 그는 T의 편지를 내게 건네주었다. 편지를 읽어보니 그 내용이 좀 황당했다.

T는 GM이 돈을 가지러 집으로 간 사이에 편지를 쓰고 있는 것이라며 그냥 마농과 함께 그 집에서 나오는 대신 좀 더 통쾌한 복수를 해야 하지 않겠느냐고 했다. 즉 GM이 마농을 위해 준비한 저녁 식사를 둘이 해치우고 그가 내 애인과 뒹굴려고 마련한 침대에서 하룻밤을 보낸다면 그보다 신나는 복수는 없을 것이라고 했다. 자기는 그가 돌아오면 어떻게든 1시간 정도 붙잡고 있을 테니 그사이 그를 납치해서 밤새 붙잡아둘, 믿을 만한 남자 서너 명을 구해놓기만 하면 만사형통이 아니겠느냐는 것이었다.

나는 그냥 재미있는 농담을 보여주는 셈 치고 마농에게 편지를 건네주었다. 하지만 그 편지를 마농에게 보여준 게 잘못이었다. 마농은 그 계획을 실행에 옮기자고 자못 진지하게 말했다. 나는 GM을 납치할 사람을 어디서 구하겠느냐며 마농을 설득했다. 그러나 그녀는 반대하는 나를 폭군이라느니, 자기를 배려하는 마음이 조금도 없다느니 하면서 몰아붙였다. 재미있는 일 앞에서는 조금도 양보가 없는 그녀의 기질이 발동된 것이었다.

"당신이 그 사람 그릇으로 식사를 한다, 그리고 그 사람 침대에서 잔다, 이거 얼마나 멋진 일이야? 그리고 내일 아침 당신은 그의 돈과 여자를 슬쩍하는 거지. 그러면 그 아비하고 자식한테 멋지게 복수하는 게 되잖아."

나는 영 개운치 않았지만 그녀의 요구를 들어줄 수밖에 없었다. 나는 그 집을 나섰다. 전에 레스코를 통해 알게 된 한 근위병의 숙소로 찾아가 그 일을 부탁하기 위해서였다. 그는 의외로 선선히 응낙하면서 100프랑 정도면 자신과 부하 근위병 세 명을 쓸 수 있을 거라고 했다.

그의 숙소에서 15분 정도 기다리자 그가 부하 세 명을 데리고 왔다. 나는 그들을 데리고 마농의 집 근처 골목으로 갔다.

「왕실 근위병 Cavalerie de la Garde royale」

작자 미상의 1871년경 작품. 프랑스 왕실 근위대 병사의 제복을 묘사했다. 왕실 근위대는 고대 중동의 히타이트 제국(기원전 18세기~기원전 8세기) 때 이미 존재했다. 중국에서는 당나라의 금군(禁軍), 한국에서는 고려의 도방(都房)과 조선의 의금부(義禁府)가 있었다. 프랑스에서 의장대와 구별되는 왕실 근위대는 16~17세기부터 생겨났다. 프랑스 왕실 근위대라는 용어는 1671년 처음 사용되었지만 사실상 그 이전부터 존재했다. 기병과 보병으로 구성되었으며, 전쟁 때는 정예부대이자 국왕의 신변 보호 부대로, 평소에는 왕실 호위대로 활동했다. 근위병은 평민으로 구성되었지만, 평민 출신이 근위대 장교 지위에 오르기는 불가능했다. 프랑스 근위대는 18세기에 왕실 재정 악화로 쇠퇴했다가 19세기 들어 다시 창설되었다. 현재는 프랑스공화국 친위대로 남아 있다.

마농 레스코

나는 그들에게 GM을 모질게 다루면 안 된다고 신신당부했다. 그저 내일 아침 7시까지 붙잡고만 있어달라고 했다.

나는 GM이 나타날 때까지 그들과 함께 있었다. 이윽고 GM이 나타나자 몸을 숨기고 그들이 하는 짓을 지켜보았다. 근위병이 권총을 들고 점잖게 GM에게 다가가서 공손하게 말했다.

"당신의 목숨이나 돈을 원하는 게 아니오. 단지 나와 함께 가주기만 하면 되오. 만약 거부하거나 소리를 지르면 이 권총이 발사되더라도 내 탓은 아니오."

GM은 코앞에 권총이 어른거리는 데다 세 사내가 뒤에 더서 있는 것을 보고 순순히 그의 요구에 따랐다. 나는 그가 순한 양처럼 그들을 따라가는 것을 먼발치에서 보고 마농이 기다리는 곳으로 돌아왔다.

내가 집으로 들어서자 마농이 나를 맞이하는 척했다. 나는 하인들이 보는 앞에서 GM 씨는 갑자기 일이 생겨 오늘 오지 못하게 되었다고 그녀에게 말했다. 그리고 그의 부탁으로 내가 대신 오게 된 것이며 이렇게 아름다운 여인과 함께 있게 되어 영광이라고 능청을 떨었다. 하인들을 안심시키기 위해서였다. 그녀는 재치 있게 내 수작에 맞장구를 쳤다.

마농과 나는 그날 저녁 하인들의 시중을 받으며 멋진 저녁 식사를 했다. 나는 마르셀을 조용히 불러 내일 아침 6시에 아무도 모르게 문밖에 마차를 대기시켜놓으라고 말했다. 저녁 9시가 되자 나는 마농 곁을 떠나는 것처럼 그녀에게 작별 인사를 했다. 그러고는 마르셀의 도움으로 다시 집 안으로 들어갔다. 만사 계획대로 다 잘될 것 같았다. 하지만 오산이었다. 우리의 머리 위에는 날 선 칼이 우리도 모르는 채 위태롭게 매달려 있었으며 그 칼을 매단 끈이 끊어지려 하고 있었던 것이다.

3

아들 GM이 근위병들에게 납치되었을 때 그의 곁에는 하인이 한 명 있었다. 하지만 근위병들은 아들 GM만 신경 썼을 뿐 하인은 염두에 두지 않았다. 아들 GM이 낯선 사내들에게 납치를 당하자 하인은 주인을 구해야 겠다는 일념으로 GM 영감에게 달려갔다.

GM 영감은 노회한 늙은이였다. 그는 아들이 단순하게 납치된 것이 아니라고 생각하고 아들에게 그날 무슨 일이 있었는지 빠짐없이 이야기하라고 하인에게 명령했다. 하인은 있는 그대로 털어놓았다. 아들 GM이 아름다운 여인을 사랑하게 된 이야기며 그녀에게 준 돈과 선물 이야기 등, 아들 GM의 지금까지 동정에 대해 아는 대로 다 이야기했다. 치정 문제가 얽혀 있다고 생각한 GM 영감은 밤 10시가 넘은 늦은 시각임에도 불구하고 경시총감에게 달려갔다. 그는 경시총감이 소집한 야경대원 한 소대를 이끌고 아들이 붙잡혀 갔다는 거리로 갔다. 주변을 아무리 수색해도 아들을 찾을 수 없자 그는 마지막으로 아들이 애인을 위해 마련했다는 집으로 갔다. 아들이 돌아와 있을지도 모른다는 생각에서였다.

노인이 경관 두 명을 데리고 마농의 집으로 들이닥쳤을 때 마농과 나는 막 잠자리에 들려던 참이었다. 침실 문이 닫혀 있어 우리는 대문 두드리는 소리를 듣지 못했다. GM 영감은 우선 하인들에게 아들 소식을 물었다. 하지만 아무도 아는 자가 없었다. 그는 아들의 여자를 만나면 무슨 단서가 잡힐 수도 있으리라 생각하고 경관 두 명과 함께 이층으로 올라갔다.

우리가 막 잠자리에 누우려던 순간 그가 노크도 없이 방문을 열었다. 그를 본 순간 내 온몸의 피가 얼어붙는 것 같았다. 나는 자리에서 벌떡 일어나 칼을 뽑으려 했다. 하지만 허둥대느라 칼이 허리띠에 걸려 빼낼 수 없었다. 그러자 경관들이 재빨리 내 칼을 낚아챘다.

GM 영감도 우리 못지않게 놀란 모양이었다. 우리를 본 그가 말했다.

"내가 지금 꿈을 꾸고 있는 건가? 데 그리외와 마농 레스코가 함께 여기 있다니!"

나는 분노와 치욕에 떨며 아무 말도 하지 못했다. 그러자 그가 분노에 차서 소리를 질렀다.

"네 이놈! 이 젖비린내 나는 놈! 네놈이 내 아들을 죽였지?"

그가 오히려 화를 내자 나는 격분했다.

"이 천하의 악당아! 늙은 도둑놈아! 네 아들을 죽여? 그럴 거면 너를 먼저 죽였을 거다!"

그러자 그가 경관에게 지시했다.

"이자를 단단히 묶게. 어떻게 해서건 저놈 입에서 아들 이야기가 나오게 해야겠어. 끝까지 입을 열지 않으면 당장 내일이라도 목을 매달아버리겠어."

"나를 목매단다고? 이 파렴치한 놈! 목을 매달아야 하는 건 바로 네놈이야! 그래, 난 네놈 자식이 어디 있는지 알고 있다! 더러운 애비와 자식 같으니라고! 더 이상 더러운 말 지껄이면 지금 당장 달려가서 그놈 목을 비틀어줄 테다. 그다음에 네놈 목을 달아맬 테니 명심해!"

나는 너무나 흥분한 나머지 그만 그의 아들이 어디 있는지 안다고 나도 모르게 말해버렸다.

"흥, 기사 양반. 내 아들이 어디 있는지 안다 이거지? 이거 대단한 범죄 냄새가 나는걸. 자초지종을 알아야겠어."

나는 경솔하게 실언했음을 곧바로 깨달았다. GM 영감은 경관들에게 하인을 불러 모으라고 말했다. 잠시 후 그는 하인 들에게 가서 이것저것 물어보았지만 속 시원한 답을 들을 수 없었다.

순간 마농의 하인 마르셀이 그의 눈에 띄었다. 이윽고 마르 셀이 실제로는 내 하인이라는 사실을 알아낸 그는 마르셀을 심 문하기 시작했다. 마르셀은 충직하기는 했지만 순진한 청년이 었다. 노인의 협박과 회유에 겁을 먹고 몽땅 털어놓고 말았다. 계획을 실행에 옮기기 위해 일손이 필요했던 마농과 나는 마르 셀과 함께 이번 일을 상의했기에 그는 많은 것을 알고 있었다.

노인은 마르셀의 입을 통해 우리가 1만 프랑과 보석을 GM 으로부터 갈취하려 했다는 사실을 알고 흥분했다. 그는 다시

침실로 돌아와 아무 말도 하지 않은 채 숨겨져 있던 돈과 보석을 찾아냈다. 그는 우리를 도둑이라고 부르며 차마 입에 담기 어려운 욕설을 퍼부어댔다. 그는 보석들을 마농의 눈앞에 들이밀며 말했다.

"어디서 본 적이 있는 물건이지? 설마 처음 본다고 하지는 않겠지? 이봐, 예쁜 아가씨, 이게 그렇게도 탐이 났나? 둘이 똑같군. 얼굴은 반반하게 생긴 것들이 질이 영 안 좋아."

이 모욕적인 말에 내 심장은 분노로 터질 것만 같았다. 하지만 칼자루는 영감이 쥐고 있었다. 나는 겨우 분노를 억누르며 그에게 말했다.

"그렇게 무례하게 우리를 조롱하지 마시오. 도대체 우리를 어쩔 셈이오?"

"궁금하시지? 샤틀레로 가는 거야. 감옥 말이야. 날이 밝으면 나는 아들을 찾고 너희는 감옥으로 가는 거야."

그러더니 그는 경관에게 지시했다.

"이들을 샤틀레로 데려가게. 도망치지 않게 잘 감시해야 하네. 이전에도 생라자르에서 도망쳐 나온 전과자니."

그 말을 남기고 영감은 나가버렸다.

샤틀레

1853년 출간된 자크앙투안 뒬로르의 『파리의 역사(Histoire de Paris)』에 실린 프랑스 판화가 뒤프레의 삽화. 1800년경 모습을 담았다. 샤틀레는 공식 명칭으로 그랑 샤틀레(Grand châtelet)라고 불리는데, 원래는 파리를 방어하는 성채였다. 870년에 나무로 처음 지은 것을 1130년 루이 6세가 돌로 지었다. 1190년에 파리 시 주위로 성벽을 쌓자 방어 성채 기능을 잃고 재판소와 경찰본부와 감옥 등 법과 치안 관련 시설로 사용되기 시작했다. 1684년에 루이 14세가 거의 완전히 새로 지었으나 프랑스대혁명 이후인 1802년에서 1810년 사이에 파괴되었다. 이후 그 바로 곁에 샤틀레 궁이 세워졌다.

마농 레스코

우리는 경관들에 이끌려 마차에 올랐다. 그녀는 내 팔에 몸을 기댔다. 그녀는 GM 영감이 나타난 이후 입을 열지 않고 있었다. 그러나 나와 단둘이 있게 되자 모두 자기 때문에 이렇게 되었다며 용서해달라고 했다. 나는 그녀에게 부드럽게 말했다.

"나는 아무렇지도 않아. 몇 달 갇혀 있으면 그만인데 뭐. 사랑하는 마농, 내 걱정은 오로지 당신뿐이야. 당신처럼 아름다운 사람 앞에 왜 이런 가혹한 운명이 놓여 있는 건지! 아, 하느님, 어째서 저 비열한 자들은 저렇게 행운을 누리고 당신의 최대 걸작인 우리는 이런 불행에 떨어야 하는 건가요?"

나는 마농이 정말 걱정되었다. 그녀는 이미 감화원에 들어갔던 전과가 있지 않은가? 게다가 그곳에서 탈출을 감행하지 않았는가? 그녀가 앞으로 겪게 될 고초가 엄청나게 클 것이라는 예상만 할 수 있을 뿐, 그게 어떤 것일지 짐작도 할 수 없었다. 하지만 아무런 도리가 없었다. 나는 한숨을 쉬며 그녀를 껴안았다. 그녀를 향한 내 사랑으로나마 그녀를 안심시키기 위해서였다. 그 상황에서 그녀를 사랑하는 마음 외에 내가 무엇을 보여줄 수 있었을까!

나는 그녀에게 말했다.

"마농, 제발 내게 말해줘. 영원히 나만 사랑할 거지?"

그녀는 그런 질문을 하는 내가 오히려 야속하다며 그걸 어떻게 의심할 수 있느냐고 말했다. 내가 다시 말했다.

"그래, 나는 당신을 의심하지 않아. 다만 확신하고 싶을 뿐이야. 그 힘으로 우리의 적들과 싸울 힘을 얻고 싶을 뿐이야. 나는 곧 샤틀레에서 나올 수 있을 거야. 내가 자유의 몸이 되는 대로 당신을 구해낼 거야. 만일 그러지 못한다면 내 목숨이 어떻게 되더라도 상관 않겠어."

우리는 드디어 감옥에 도착했고 각자 다른 곳에 갇혔다.

감옥에 갇혔어도 이미 각오하고 있었기에 그다지 괴롭지 않았다.

나는 어떻게 하면 이곳에서 빠져나갈 수 있을지 그 생각만 했다. 이번 사건에 죄가 될 만한 것은 아무것도 없다는 것이 내 생각이었다. 마르셀의 입을 통해 우리의 절도 계획이 알려지긴 했지만 단순히 생각만으로 처벌할 수는 없을 것이다. 또한 GM의 납치 사건도 근위병들이 감쪽같이 사라져버리고 입을 열지 않는다면 내가 연루되어 있다는 것을 증명할 수는 없을 것이다.

나는 곧바로 아버지에게 편지를 보내 직접 파리로 오시게 하리라고 마음먹고 편지를 보냈다. 그런데 아버지는 내가 보낸 편지를 받아보시기도 전에 나를 찾아오셨다.

아버지는 일주일 전에 내가 보낸 공손한 편지를 받으셨다. 아버지는 그 편지를 받고 크게 기뻐하셨다. 하지만 나의 모든 행동을 뉘우친다는 내 말을 곧이곧대로 믿지는 않으셨다. 아버지는 직접 당신의 눈으로 확인하시기 위해 파리로 올라오셨다.

아버지가 파리에 도착하신 것은 내가 샤틀레에 투옥된 다음 날이었다. 아버지는 먼저 티베르주를 찾아가셨다. 하지만 티베르주로부터는 아무 소식도 들으실 수 없었다. 단지 내가 마음을 좀 바로잡은 것 같다는 말만 들으셨다. 티베르주는 아버지께 마농과는 완전히 관계를 끊은 것 같다, 그래도 일주일 정도 내 소식을 듣지 못한 건 좀 이상하다는 말을 해드렸다.

아버지는 티베르주의 그 말에서 뭔가 낌새를 채셨다. 그래서 내 행방을 찾으려고 온갖 방법을 다 동원한 결과, 파리에 도착하신 지 이틀 만에 내가 샤틀레에 갇혀 있다는 것을 아시게 된 것이다.

그런 사정을 모르고 있던 나는 아버지가 갑작스럽게 감옥으로 나를 찾아오시자 너무 당황했다. 내가 아무 말도 없이 고개만 떨구고 있자 아버지가 입을 여셨다.

"자, 앉아라. 네가 얼마나 요란하게 방종한 생활을 하고 사기를 쳤던지 쉽게 네가 있는 곳을 알 수 있더구나. 아주 유명해지셨어. 남의 눈에 띄지 않고는 못 배기는 성질을 타고난 모양이지? 가는 곳마다 명성이 자자하시니. 이러다 그레이브 광장 교수대까지 가시겠어. 온 세상 찬사를 받으며 그곳에 서는 영광을 입으면 참 좋겠네."

나는 한마디도 대꾸하지 않았다.

"아비가 자식을 훌륭하게 키우기 위해 사랑을 쏟고 무엇 하나 아끼지 않았는데 그 자식이 부모 얼굴에 먹칠하는 불효자가 되었다면, 그 아비만큼 불쌍한 사람은 없을 게다. 운이 나빠서 그리 되었다면 모르지만 수치도 명예도 모르는 한심한 아들이 저지른 짓을 고칠 약이 어디 있겠느냐?"

내가 아무 말이 없자 아버지가 다시 말씀하셨다.

"왜 아무 말이 없는 거냐? 아주 겸손한 척 벌레 한 마리 죽이지 못할 것 같은 얼굴을 하고 있구나. 이 세상에서 제일 정직한 사람 같구나."

나는 아버지가 나를 꾸짖으시는 게 당연하다고 생각하고 있었지만 그래도 그런 말씀은 좀 너무하다는 생각이 들었다. 나는 차라리 내 생각을 있는 그대로 털어놓는 게 낫겠다고 생각했다.

"아버지, 이것만은 분명히 말씀드릴 수 있습니다. 저는 지금 꾸민 얼굴을 하고 있는 게 아닙니다. 아버지를 향한 솔직한 제 마음을 보여드리고 있을 뿐입니다. 저는 아버지께 야단맞는 게 당연하다고 생각하고 있습니다.

하지만 아버지, 제가 아주 질이 나쁜 파렴치한이라는 말씀은 하지 마세요. 저는 그런 끔찍한 범행을 저지르지는 않았습니다. 제가 잘못을 저지른 것은 사랑 때문입니다. 숙명적인 사랑의 정열 때문이라고요. 아, 아버지, 사랑의 마력이 어떤 건지 아버지는 모르시나요? 제가 아버지의 피를 이어받았으니 아버지는 그것을 잘 아실 것입니다. 사랑 덕분에 저는 정열적인 인간이 되었습니다. 사랑에 충실하다는 게 어떤 건지도 배웠습니다. 그리고 아름다운 여인의 사랑을 얻기 위해 씀씀이가 헤픈 인간이 되었습니다. 제게 죄가 있다면 바로 그것입니다. 한 여인을 사랑한 것, 그것도 열렬히, 충실하게 사랑한 것, 그게 바로 죄입니다. 아버지, 그 죄가 아버지 얼굴에 먹칠을 할 수 있나요? 아버지, 아버지의 아들을 조금은 불쌍하게 여겨줄 수 없나요? 아버지, 저는 사랑 때문에 아버지를 향한 존경심과 애정을 잃지는 않았습니다. 아버지 말씀처럼 명예도 의무도 저버리지 않았습니다. 아버지께서 그렇게 말씀하시면 저는 너무나 비참합니다."

말을 마치면서 나는 그만 눈물을 보이고 말았다.

자연의 걸작 중 하나가 바로 이 세상 아버지들의 마음이다. 아버지들은 자애로운 마음으로 자식들 위에 군림하고 있으며 그 자애로움이 모든 행동의 동력이 된다. 게다가 나의 아버지는 정이 많으신 분이었다. 아버지는 내 변명에 심경의 변화를 일으키신 것 같았다.

아버지가 다정한 목소리로 내게 말하셨다.

"이리 오너라, 가엾은 기사야! 어디 한번 안아보자."

나는 아버지에게 입을 맞추었고 아버지는 나를 꼭 껴안으셨다. 이윽고 아버지가 말씀하셨다.

"자, 앞으로 어떻게 해야 할지 생각해보자. 너를 이곳에서 데리고 나가려면 어떤 일이 있었는지는 알아야만 하니 자초 지종을 말해보려무나."

내 행동에 도저히 얼굴을 들지 못할 일은 없었다. 여자 문제도 그렇고 도박도 우리 시대에는 큰 흉이 아니었다. 나는 그동안의 일을 아버지에게 숨김없이 털어놓았다. 하지만 한 가지, 한 가지씩 내 잘못한 일을 말씀드릴 때마다 조금은 부끄러웠던 것도 사실이다.

나는 결혼하지 않은 채 마농과 동거하고 있다는 사실, 도박에서 사기를 좀 쳤다는 사실도 다 털어놓았다. GM 부자의 지갑을 노린 일도 얼마든지 꾸며낼 수 있었지만 그렇게까지 해서 내 잘못을 숨기고 싶지는 않았다. 그 사실을 숨기는 것이 내 명예를 더럽히는 일이라고 생각했기 때문이었다. 나는 아버지에게 사랑과 복수에 대한 나의 정열을 너그럽게 용서해달라고 말했다.

아버지는 내 석방을 위해 어떻게 하면 좋겠느냐고 내 의견을 물으셨다. 나는 경시총감은 내게 호감을 품고 있으니 별 문제가 없을 거라고 말씀드린 후 이렇게 말했다.

"아마 문제가 있다면 GM 부자일 것입니다. 그러니 그들 부자를 만나서 설득하시는 게 가장 효과적일 것 같아요."

아버지는 그렇게 하겠다고 말씀하셨다. 나는 아버지에게 마농도 부탁한다는 말씀은 드리지 않았다. 아버지의 화를 돋우게 될지도 모른다는 염려에서였다. 다만 그녀에게 아버지가 호의를 가지실 수 있도록 그녀를 칭찬했을 뿐이었다.

나는 아버지께 GM 영감의 말을 너무 귀담아 듣지 말라는 말씀을 드렸어야 했는지 모른다. 결국 아버지는 그의 의견에 따라 나와 그녀를 파국에 빠뜨렸으니 말이다.

아버지는 감옥을 나온 후 곧바로 GM 영감을 찾아가셨다. 마침 그 집에는 아버지와 아들이 함께 있었다. 그들 사이에 오간 이야기가 정확히 어떤 것인지 나는 평생 알 수 없을 것이다. 하지만 내가 겪게 된 불행한 결말에 미루어 충분히 짐작은 할 수 있었다.

이야기를 마친 두 아버지는 경시총감을 찾아갔다. 그리고 두 가지 은전을 청했다. 하나는 나를 즉시 석방해달라는 청원이었으며 다른 하나는 마농을 평생 가두어두든지 아니면 행실 나쁜 다른 여자들과 함께 아메리카로 쫓아버리라는 것이었다. 그때는 마침 많은 부랑자와 행실 나쁜 여자들을 배에 실어 아메리카 미시시피 쪽으로 보내려 하고 있을 무렵이었다. 경시총감은 GM에게 마농을 제일 먼저 떠나는 배로 보내겠다고 약속했다.

GM 영감과 아버지는 함께 내 석방 통지서를 들고 나를 찾아왔다. GM 영감은 지난일은 다 없었던 일로 치자며 이렇게 훌륭한 아버지가 계시니 얼마나 행복하냐고, 앞으로 아버지를 본받아 훌륭한 사람이 되라고 충고했다. 나는 구역질이 나는 것을 억지로 참았다. 아버지는 아버지대로 나의 석방을 위해 힘써준 GM 영감에게 감사드리고 그동안 그들 일가에 심려를 끼친 데 대해 사과하라고 말씀하셨다. 어쨌든 감옥에서 나가고 보겠다는 생각에 나는 아버지가 시키시는 대로 했다.

우리는 다 함께 샤틀레에서 나왔다. 어느 누구의 입에서도 마농의 이름은 나오지 않았다. 그러나 마농을 아메리카로 보낸다는 잔혹한 명령은 그 순간 이미 실행되고 있었다. 마농은 그 시간 샤틀레에서 나와 감화원으로 보내졌다. 그녀와 같은 운명에 처해진 여인들과 함께 아메리카로 보내질 예정이었다.

존 로 캠프

미국 학자 그웬돌린 미들로 홀의 『루이지애나 식민지의 아프리카인들(Africans in Colonial Louisiana)』 (2009)에 실린 삽화. 1720년 존 로(John Law)가 미시시피 주 빌록시에 세운 프랑스의 아메리카 식민지 캠프 모습이다. 스코틀랜드 출신 사업가인 존 로는 프랑스 정부의 재정 총책임자가 되어, 1716년 은행을 설립한 데 이어 1717년 미시시피 회사를 사들여 이것을 동인도회사 등과 합병한 인도회사로 키워 주식 투기를 부추겼다. 프랑스 정부로부터 25년간 식민지 무역 독점 운영권을 따낸 존 로의 인도회사 주가는 수십 배로 치솟았다. 하지만 투기 열풍이 식으면서 주식은 휴지 조각이 되고, 존 로는 해임되어 프랑스에서 쫓겨났다. 이것을 '미시시피 거품 사건(Mississippi Bubble)' '미시시피 계획(Mississippi Scheme)'이라고 부른다. 이때 죄수, 거지, 창녀, 심지어 감화원의 어린아이까지 배에 실려 아메리카로 보내졌는데, 소설 속 마농 레스코가 그중 한 명인 셈이다.

아버지와 함께 숙소로 돌아온 나는 아버지의 눈치를 살피다가 저녁 6시가 다되어서야 아버지 몰래 밖으로 나왔다. 나는 수위에게 마농의 안부를 묻기 위해 샤틀레로 향했다.

돈을 후하게 집어주자 수위는 내게 친절하게 대했다. 내가 마농의 안부를 묻자 그는 참 안됐다는 표정을 지으면서 그녀가 감화원으로 갔으며 곧 아메리카로 압송될 것이라고 말해주었다. 청천벽력이었다. 도대체 어떻게 해야 할지 아무런 생각도 떠오르지 않았다. 내 수중에는 돈도 없었다.

정말 미안한 일이었지만 나는 티베르주에게 도움을 요청하는 수밖에 없었다. 티베르주를 만나니 언제나 내게 관대했던 그는 즉석에서 지갑을 열었다. 그는 지갑 속에 있던 600프랑 중에서 500프랑을 선선히 내게 내주었다. 그는 내가 써준 차용증을 끝끝내 받지 않았다.

티베르주와 헤어진 나는 곧바로 T에게 갔다. 나는 그에게 모든 이야기를 들려주었다. 그는 나를 동정했다. 하지만 마농을 구할 방도는 전혀 없다며 슬픈 표정을 지었다. 그는 마농이 이틀 후면 다른 불행한 여인들과 함께 이곳을 떠날 것이라고 말했다.

내가 절망하는 표정을 짓자 그는 지갑을 열어 1,000프랑을 내주며 말했다.

"정말 위험하지만 최후의 방법이 있긴 해. 내가 조언을 했다는 말은 영원히 비밀로 해줘. 자, 이 돈으로 사람들을 사. 호위대가 파리를 벗어나면 그들을 습격해서 마농을 구출하는 거야."

나는 그토록 진정으로 나를 도와주려는 그의 마음씨에 감동받았다. 하지만 그가 조언한 방법은 마지막에 써야 하는 수단이었다. 우리는 우선 이 조치 자체를 취소시키는 방법을 찾아보기로 했다. 그러려면 GM 영감과 나의 아버지가 나서서 경시총감을 설득하는 수밖에 없었다. 그가 내게 말했다.

"최후의 수단을 쓰기 전에 자네는 아버지를 만나서 최선을 다해봐. 나는 아들 GM을 만나볼 테니."

그가 아들 GM을 만나러 가자 나는 뤽상부르 공원으로 갔다. 아버지의 숙소로 갔다가는 다짜고짜 나를 묶어서 고향으로 보내버리실까 하는 두려움 때문이었다. 나는 심부름꾼을 시켜 아버지를 따르는 귀족 한 명이 뤽상부르 공원에서 기다린다고 전하게 했다. 아버지가 외출을 꺼리실까 걱정이 되었지만 아버지는 하인을 데리고 나오셨다. 아버지는 나를 보자 놀라셨지만 무슨 중대한 이야기가 있는 모양이라고 생각하셨는지 하인을 그 자리에 세워두고 나와 단둘이 샛길로 들어서셨다.

아버지는 내가 먼저 입을 열기를 기다리고 계셨다. 나는 어떻게 이야기를 꺼낼까 고심하다가 겨우 입을 열었다.

"아버지, 아버지는 참 좋으신 분이에요. 더할 나위 없이 저를 아껴주시고, 제 잘못도 다 용서해 주시고……. 하지만……. 하지만 아버지는 너무나 가혹하시기도 해서……."

"뭐라고? 내가 네게 가혹하다고? 도대체 무슨 말이냐?"

아버지가 내 말을 가로막으셨다.

"아버지, 마농에게 하신 일은 너무 가혹하신 일이에요. 아버지, GM 씨의 말을 믿으시면 안 돼요. 그가 마농에 대해 온갖 나쁜 말을 늘어놓았겠지요. 하지만 마농은 더없이 상냥하고 사랑스러운 여자입니다. 아버지, 아버지도 그녀를 직접 만나보시면 확인하실 수 있을 거예요. 그리고 저 음흉한 GM 편이 아니라 마농 편이 돼주실 거예요. 그럼요, 아버지 마음은 분명히 움직일 거예요! 아버지, 제발 제 목숨을 구해주세요.

마농이 아메리카로 떠나버리면 저는 한시도 살아갈 수가 없어요."

아버지는 노한 표정으로 엄격하게 말씀하셨다.

"네게는 이제 이성도 없고 명예도 없구나. 그런 네 모습을 보느니 차라리 내가 죽어버리는 게 낫겠다."

나는 아버지의 팔을 붙잡으며 소리쳤다.

"더 이상 말씀드려봤자 소용없겠군요. 그렇다면 이 지긋지긋한 제 목숨을 아버지 손으로 거두어 주세요. 아버지께서 저를 절망의 구렁텅이로 밀어 넣으셨으니 아버지 손으로 저를 죽이시는 게 도리에 맞는 게 아니겠어요? 아버지에게 걸맞은 선물이 아니겠어요?"

아버지는 기가 찬 모양이었다.

"내게 걸맞은 일? 도대체 아비 손으로 자기 목숨을 없애달라니! 내가 너를 너무 지나치게 사랑해서 너를 망치고 말았구나."

나는 아버지의 입에서 사랑이라는 말이 나오자 아버지의 무릎 아래 몸을 내던졌다. 나는 아버지의 무릎을 껴안으며 말했다.

"아버지, 아버지는 아직 저를 사랑하고 계신다고 믿어요.

정말 그러시다면 제발 제게 그렇게 냉혹한 짓은 하지 말아주세요. 아버지, 아버지는 어머니를 사랑하셨지요? 누군가 어머니를 아버지에게서 빼앗아가려 한다면 어떻게 하셨겠어요? 아마 목숨을 걸고 어머니를 지키려 하셨겠지요? 아버지, 저는 아버지 아들입니다. 저는 제가 사랑하는 사람을 빼앗길 수 없어요."

"네 어머니 이야기는 두 번 다시 꺼내지도 마라. 더 부아가 치민다. 아마 네 어머니가 살아 있어서 지금의 네 한심한 꼬락서니를 보았다면 근심 걱정에 휩싸여 죽어버렸을 거다. 이제 이 이야기는 끝내자. 아무리 길게 이야기한들 내 결심을 바꿀 수는 없어. 아무 소리 말고 내 뒤를 따라오도록 해라."

나는 아버지의 냉정한 목소리를 듣고 아버지 생각이 절대로 바뀌지 않으리라는 것을 알았다. 나는 몇 걸음 물러섰다. 아버지가 나를 붙잡을까 봐 겁이 났기 때문이었다.

나는 걸음을 멈추고 아버지에게 말했다.

"아버지를 따라 갈 수는 없습니다. 저는 이렇게 혹독한 취급을 받으며 살아갈 수 없어요. 아버지, 여기서 아버지께 영원히 작별을 고합니다. 머잖아 제가 죽었다는 소식을 듣게 되시면 다시 제 아버지다운 분이 되시겠지요."

나는 몸을 돌렸다. 순간 아버지가 격분해서 소리치셨다.

"정말 따라오지 않겠다는 거냐! 좋다, 네 마음대로 해라! 하지만 이게 마지막이란 걸 잊지 말아라. 불효막심한 녀석 같으니라고!"

나도 흥분해서 대꾸했다.

"안녕히 가세요. 저도 이게 마지막이에요. 냉혹한 아버지하고는."

나는 즉시 뤽상부르를 떠났다. 사람들이 보았다면 거의 미치광이처럼 보였을 것이다.

나는 T의 집까지 걸어갔다. 그가 아들 GM을 만난 일에 마지막 기대를 걸고 있었다. 하지만 아들 GM은 나와 마농을 위해 자기 아버지에게 부탁할 정도의 마음은 없더라는 이야기를 들었을 뿐이었다.

이제 T가 말한 최후의 수단만 남았다. 하지만 결론부터 말하기로 하자. 우리의 습격은 실패했다. 나는 내가 아는 근위병을 만나서 내 계획을 말했다. 그는 용감한 병사 세 명만 있으면 성공할 수 있다고 했다. 나는 그에게 T가 준 1,000프랑을 건넸다. 병사들 고용 비용과 그의 수고비였다. 하지만 세 명의 병사는 호송병들을 보자마자 겁을 먹고 도망가버렸다.

이제 정말 방법이 없었다. 근위병은 내게 단념하고 파리로 돌아가자고 했다. 그러나 마농을 그대로 보낼 수는 없었다. 나는 결심했다.

'그래, 나도 그녀와 함께 바다를 건너는 거야.'

나는 호송병들 쪽으로 천천히 다가갔다. 다행히 호송대장은 돈에 약했다. 그는 죄인을 엄격히 감시하라는 임무를 부여받았으니 내 부탁을 들어주는 게 쉽지는 않은 일이라고 말한 후, 돈을 요구했다. 내 수중에 가진 돈은 150프랑 정도였다. 나는 호송대장에게 솔직하게 내가 가진 돈의 액수를 말해주었다. 그러자 그가 말했다.

"좋습니다. 그 정도면 어떻게 될 수도 있겠어요. 당신 마음에 드는 여자와 이야기하는 데 1시간에 5프랑씩 치지요. 그게 이곳 파리의 시세니까요."

나는 특별히 마농을 지목해서 그녀와 이야기를 나누고 싶다고 말하지 않았다. 그들에게 내 사랑을 광고할 필요가 없었기 때문이었다. 그들은 처음에는 젊은 남자가 심심풀이로 여자들과 시간을 보내며 즐기려는 것으로 알았을 것이다. 하지만 마농을 대하는 내 태도를 보고 우리 둘이 연인 사이라는 것을 곧 들키고 말았다. 그러자 호송대장은 비용을 엄청 올려 받았다. 그래서 우리가 파시쉬르외르에 도착했을 때는 내 지갑은 텅 비어 있었다.

가는 길에 마농과 얼마나 슬픈 이야기를 나누었는지, 그녀의 모습이 얼마나 애처로웠는지는 굳이 묘사하지 않아도 될 것이다. 나는 무슨 일이 있어도 그녀와 헤어지지 않을 것이라고 그녀에게 말했고 그녀는 나의 그런 숭고한 사랑을 받을 자격이 자기에게는 없으니 자신을 두고 떠나라고 내게 애원했다. 하지만 그녀의 애원에서, 그리고 그녀의 눈빛에서 나는 사랑을 읽었다. 그리고 내게는 그것으로 충분했다. 둘이 사랑한다면 그 어디서 산들 무엇이 문제 되겠는가? 우주 전체가 우리의 보금자리인 것을!

나는 티베르주에게 편지를 썼다. 돈이 조금만 있으면 아메리카에서 어떻게든 살아갈 수 있을 것 같았기 때문이었다. 나는 마농과 함께 있다는 것을 고백하고 1,000프랑을 부탁하며 이렇게 썼다.

"그 돈을 르아브르의 우체국에서 찾을 수 있게 해주게."

　내게 돈이 떨어진 것을 알고 호송병들이 나를 함부로 대하고 마농 곁으로 가지도 못하게 하는 순간, 나는 파시쉬르외르에서 당신을 만난 것이다.

4

르아브르에 도착하자 나는 우체국부터 찾아갔다. 그러나 티베르주의 답장은 없었다. 나는 그의 편지를 받으려면 정확히 얼마를 더 기다려야 하느냐고 물어보았다. 우체국 직원은 이틀이 더 걸린다고 대답했다. 아메리카행 배는 그의 답장이 도착하는 바로 그날 떠나게 되어 있었다.

나는 말을 팔았다. 당신이 내게 준 돈과 합치니 내게는 전 재산이 170프랑뿐이었다. 그중 70프랑은 마농을 위한 생필품들을 샀다. 그리고 남은 100프랑은 아메리카에서 우리의 운명을 개척할 귀중한 자산으로 고이 간직했다. 배에 승선하는 일은 그다지 어렵지 않았다. 그 무렵 아메리카에서 일할 젊은 인력들을 모집하고 있었기에 뱃삯도 공짜였고 식사도 거저였다. 나는 르아브르에서 티베르주에게 편지를 썼다. 비통한 내용이었다. 나를 그토록 사랑하고 내게 그토록 너그러운 친구에게 내 마지막 소식을 알려주고 내 슬픔을 전하기 위해서였다.

배가 출항했다. 순풍이 이어졌다. 마농과 나는 부부로 행세했다. 정말 다행이었던 것은 선장이 우리에게 더없이 호의적이었다는 사실이었다. 그는 우리를 다른 수상한 자들과는 달리 특별대우를 해주었다. 마농은 자기 때문에 겪게 된 모든 고초들을 말없이 견뎌냈다. 그녀는 더없이 조신한 여자가 되었다.

나는 유럽에 아무런 미련도 없었다. 오히려 아메리카와 가까워질수록 마음이 차분해지는 느낌이었다. 딱 한 가지, 생활의 불편함만 없었다면 이런 방향 전환을 이룩하게 해준 하느님께 진심으로 감사를 드렸을 것이다.

두 달여의 항해 끝에 마침내 그리던 해안에 도착했다. 첫눈에도 거친 곳이었다. 눈에 보이는 것은 거친 들판과 갈대, 바람에 시달리는 나무들뿐이었다. 이윽고 선장이 대포를 쏘라고 명령했다. 대포가 두 발 울리자 뉴올리언스 식민지 주민들이 저마다 기쁜 표정으로 우르르 몰려들었다. 그들은 우리를 형제라고 부르며 껴안고는 고국 프랑스와 고향에 대해 질문을 퍼부었다.

우리는 그들과 함께 마을로 갔다. 하지만 마을이라고 해야 초라한 오두막들뿐이었다. 그 오두막집들에 500~600명 정도가 살고 있었다. 지대가 약간 높은 곳에 있는 총독의 집은 그나마 좀 나아 보였다. 흙벽돌이 둘러쳐져 있었고 주변에 커다란 저수지가 있었다.

우리는 먼저 총독에게 안내되었다. 그는 선장과 작은 목소리로 이야기를 나누더니 우리 쪽으로 왔다. 그는 배에서 내린 여자들을 한 사람씩 심문했다. 여자들은 르아브르에서 합류한 일행을 합해 모두 30명에 이르렀다. 심문이 끝나자 총독은 배우자를 구하고 있는 마을 청년들 몇 사람을 불렀다. 그는 그중 가장 아름다운 여자를 한 젊은이에게 주고 나머지는 제비를 뽑게 했다. 그는 마을에서 가장 뛰어난 젊은이였다. 그동안 총독은 마농에게는 한마디도 하지 않았다.

짝짓기가 끝나자 총독은 나와 마농을 제외하고는 모두 물러가게 했다. 셋이 남자 그가 말했다.

「퀘벡에 도착한 프랑스 소녀들 The Arrival of the French Girls at Quebec」

캐나다 화가 찰스 윌리엄 제프리스의 20세기 초 작품. 1667년 초기 프랑스 식민지인 캐나다 퀘벡에 도착한 이른바 '왕의 딸들(filles du roi)'을 묘사했다. 루이 14세는 북아메리카 식민지를 강화하기 위해 15~30세 사이 평민 독신 여성들을 모집해 보냈다. 뱃삯을 대주고 물품과 결혼 지참금까지 하사했다. 1663~1673년 동안 약 800명이 건너가서 식민지 개척자와 결혼했다. 신분 때문에 좋은 집안에 시집갈 수 없었으므로 대부분 자원했다. 그 결과 10년 사이에 식민지 인구가 두 배로 늘어났다. 프랑스는 북아메리카 식민지를 누벨프랑스(Nouvelle-France, New France)라고 불렀는데, 1534년에 시작해 1763년 스페인과 영국 손에 빼앗기면서 막을 내렸다. 전성기 때는 동서로는 캐나다 가장 동쪽 뉴펀들랜드에서 서부 로키 산맥까지, 남북으로는 캐나다 북동쪽 허드슨 만에서 북아메리카 대륙 최남단 멕시코 만까지 이르는 넓은 영토를 자랑했다.

"당신들은 결혼한 사이라고 선장에게 들었습니다. 교양 있는 분들이라고 선장이 말하더군요. 그런 분들이 어떻게 해서 이곳에 오게 되었는지는 묻지 않겠습니다. 당신들이 이곳에 잘 적응하도록 내가 힘껏 돕겠습니다."

그는 우리가 살 집 한 채를 준비하라고 사람을 불러 지시했다. 그리고 자신과 저녁 식사를 함께하자고 했다. 거절할 도리가 없었다. 마농과 나는 낯선 곳에서 슬픔에 사로잡혀 있었지만 식사 도중 그의 식구들과 가능한 한 즐겁게 이야기를 나누려고 애를 썼다.

식사가 끝나고 밤이 이슥해지자 우리는 우리가 머물 집으로 안내되었다. 판자와 흙으로 된 초라한 오두막이었다. 일층에 방이 둘 있었고 이층에 골방이 있었다. 너무나 비참한 집 모양을 보고 마농은 몸서리를 쳤다. 그러나 그 의미는 이전과 전혀 달랐다. 자신이 이곳에서 지내야 한다는 사실 때문이 아니라 오히려 나 때문에 몸서리를 친 것이었다. 그녀는 우리가 처한 불행 때문에 내가 슬퍼하지 않을까 걱정이었던 것이다. 나는 그녀의 마음을 충분히 읽을 수 있었다. 나는 짐짓 쾌활한 표정을 지으며 용기를 북돋워주었다.

"당신, 내가 투정 부릴까 봐 걱정이야? 그런 걱정 조금도 하지 마. 내가 투정 부릴 이유가 없잖아. 나는 내가 갖고 싶은 걸 다 가진 셈이야. 마농, 당신 나 사랑하지? 내가 지금까지 그것 외에 다른 걸 원한 게 있었어? 당신이 나를 사랑하는 한, 나는 모든 걸 다 가진 거야.

총독도 저렇게 친절하니 우리 앞날도 걱정할 게 없어. 또 여기는 우리보다 좋은 집을 가진 사람도 없잖아. 부러울 게 뭐 있어. 게다가 나는 요술쟁이와 함께 사는 셈이야. 당신은 모든 것을 황금으로 바꾸어버리는 재주가 있잖아."

"그럼 당신이 이 세상에 제일 부자네요. 당신만큼 큰 사랑을 지닌 사람도 없고 당신만큼 사랑받는 사람도 없으니까요. 당신을 정말 사랑해요."

마농은 어느샌가 나에게 존대를 하고 있었다.

그녀는 자신이 내 사랑을 받을 자격이 없다는 것을 잘 알고 있다고 말했다. 하지만 자신이 정말 달라졌다고 진지하게 말했다.

"나는 프랑스를 떠난 후 여러 번 눈물을 흘렸어요. 하지만 단 한 번도 나를 위해 운 적은 없었어요. 당신이 내 불행과 함께하기로 한 순간부터 내게 불행이란 없어요. 나는 단지 당신이 안쓰러워서 울었을 뿐이에요. 내가 당신을 한순간이라도 슬프게 만들었다는 생각을 하면 정말 견딜 수 없어요. 나는 정말 아무런 자격도 없는 여자예요. 그런 나를 사랑한 당신, 사랑을 위해서라면 무슨 일이라도 마다하지 않은 당신, 그런 당신에게 나는 감동하지 않을 수 없어요. 아, 당신은 나를 위해 얼마나 큰 고통을 겪은 건가요? 내 온몸의 피를 다 쏟아낸다 해도, 당신이 겪은 고통에 비한다면 아무것도 아니에요."

마농의 입에서 이런 진실한 사랑의 말을 듣게 되다니! 저 감동적인 눈물을 볼 수 있게 되다니! 나는 이 세상에서 가장 행복한 남자가 되었다. 그리고 아메리카는 나에게 지상 최고의 낙원이 되었다.

우리는 총독과 가깝게 지냈다. 그는 친절했고 우리가 도착한 지 두세 주 후에는 보루 공사장 일자리까지 내게 마련해주었다. 나는 하늘이 내려주신 일이라고 생각하고 감사히 받았다. 이제 나는 그 누구의 도움 없이 나 혼자 힘으로 살아갈 수 있게 된 것이었다.

돈을 조금 벌자 하인 한 명과 마농을 위한 하녀 한 명을 고용했다. 우리 살림은 조촐하나마 안정이 되었다. 나와 마농은 정말 몸가짐을 바로 했다. 언제나 이웃에게 친절을 베풀고 기회가 될 때마다 그들을 도왔다. 얼마 안 되는 짧은 기간에 우리는 사람들의 존경을 받았다. 마을에서 총독 다음가는 인물로 대접받기에 이른 것이었다.

생활이 안정되자 나는 우리의 행복에 단 한 가지가 빠져 있음을 발견했다. 어느 날 나는 마농에게 말했다.

"마농, 우리는 행복해. 하지만 하느님의 뜻에 합당한 행복을 누리고 있는 것 같지는 않아. 우리는 정식으로 결혼하지 못했잖아? 프랑스에서는 어쩔 수 없었지만 여기서는 정식으로 결혼하고 살아야 해. 이곳에서는 뭐라고 할 사람도 없어. 오히려 종교가 허락하는 신성한 결혼을 하려는 우리를 축복해줄 거야."

내 말을 듣고 그녀는 매우 기뻐하며 내게 말했다.

"내가 하고 싶었던 말이에요. 이곳 아메리카에 온 뒤 나도 여러 번 그 생각을 했어요. 하지만 당신이 불쾌해할까 봐 마음속에 묻어두고 있었지요. 정식으로 당신 아내가 된다는 것! 생각만 해도 황홀하고 기뻤어요. 하지만 너무 내 욕심을 챙기는 것 같아 입이 떨어지지 않았어요."

나는 마농의 말에 더할 수 없이 기뻤다. 우리는 결혼 계획을 세웠다. 오로지 하느님의 뜻을 받들고 하느님의 축복을 받겠다는 일념에서였다.

아, 그러나 가혹하신 하느님! 하느님은 나를 거부하셨다. 하느님은 우리의 그 생각을 죄악으로 여기셨는지 우리에게 벌을 내리셨다. 내가 하느님의 뜻을 저버리고 악의 길을 걷고 있었을 때 하느님은 조용히 인내하고 계셨던 것이 틀림없었다. 하느님은 내게 가장 잔인한 벌을 주시기 위해 내가 그분 곁으로 오기를 기다리고 계셨던 것이었다. 내가 악의 길에서 벗어나 선의 길로 들어서기를 기다리고 계셨던 것이었다.

하느님은 지금까지 내가 겪은 일들 중에서 가장 가혹한 벌을 내게 내리셨다. 그 불행에 대해서 마저 이야기할 기력이 내게 남아 있는지조차 모르겠다.

마농과 합의를 본 나는 그길로 총독을 찾아갔다. 우리 결혼식을 승인해달라고 요청할 참이었다. 마을 고해 신부에게 직접 찾아갈 수도 있었지만 모든 일을 정정당당하게 처리하고 싶어서였다. 하지만 그것이 잘못이었다.

총독에게는 몹시 애지중지하는 시늘레라는 조카가 있었다. 서른 살가량 되는 독신 남자였다. 매우 용감했지만 성격이 급하고 거친 면이 있는 사람이었다. 그런데 우리가 아메리카에 도착한 바로 그날, 총독 집에서 식사를 할 때부터 그가 마농의 아름다움에 홀딱 빠져버린 것이었다. 그 뒤 10개월 동안 그는 남몰래 정열을 불사르고 있었다. 하지만 마농과 내가 결혼한 사이로 알려져 있었기에 속만 태우고 있었다. 나는 그 사실을 눈치채지 못했다. 그가 우리 일이라면 발 벗고 나서서 도와주기에 고마운 마음까지 느끼고 있었다.

일터로 총독을 찾아가니 옆에 시늘레가 함께 있었다. 나는 언제나 우리에게 호의적인 총독에게 그 자리에서 나와 마농 사이를 털어놓았다. 총독은 평소와 마찬가지로 아주 호의적이었다. 나는 자연스럽게 결혼 이야기를 꺼냈다. 그리고 그가 결혼식에 입회해줄 것을 부탁했다. 그는 기꺼이 청을 받아들이는 것은 물론 결혼식 비용까지 부담해주겠다고 했다. 나는 아주 흡족한 기분으로 그 자리를 물러 나왔다.

그런데 1시간 뒤 우리를 찾아온 고해 신부로부터 뜻밖의 이야기를 들어야만 했다. 그가 무뚝뚝한 얼굴로 총독이 우리 결혼을 허락해주지 않는다고 말하는 것이 아닌가! 이어서 그는 덧붙였다.

"총독은 이 식민지 마을을 다스리고 있는 분이오. 프랑스에서 온 여자를 어떤 식으로 처리하든 그건 모두 그의 권한이오. 지금까지 총독이 마농에 대해 권한을 행사하지 않은 것은 마농이 결혼한 줄 알고 있었기 때문이오. 당신 입으로 둘이 결혼한 사이가 아니라고 말한 이상 그녀는 총독의 뜻을 따라야 하오. 총독은 그녀를 시늘레 씨에게 넘기고 싶어 하오. 시늘레 씨가 그녀를 사랑하고 있으니 총독으로서는 당연한 권리를 행사하는 거요."

이 무슨 청천벽력이란 말인가! 나는 화가 머리끝까지 치밀었다. 나는 신부에게 나가라고 소리친 후 큰 소리로 말했다.

"가서 전하시오. 총독이건 시늘레건 내 아내에게 손가락 하나라도 건드리면 내가 가만있지 않을 거라고!"

나는 마농에게 간단하게 사정을 말한 후 보루 공사 현장으로 달려갔다. 총독을 만나기 위해서였다. 총독은 신부와 함께 있었다. 나는 총독에게 비굴할 정도로 몸을 낮추며 애원했다. 다른 이유로 그런 모습을 보여야 했다면 나는 수치심으로 죽어버렸을 것이다.

하지만 총독은 끄떡도 하지 않았다. 그는 마농에 대한 자기 권리를 행사하겠다는 말과, 그녀를 조카에게 주겠다는 말만 되풀이했다. 나는 치미는 분노를 참으며 집으로 돌아가려고 발길을 돌렸다. 차분히 생각해보고 대책을 마련할 작정이었다.

그런데 돌아오는 길에 나는 시늘레와 마주쳤다. 아마 나를 길목에서 기다리고 있었던 모양이었다. 그가 먼저 입을 열었다.

"나를 찾고 있던 것 아닌가? 나 때문에 당신이 화가 나 있다는 걸 알고 있어. 어때? 우리 운명을 결투로 결정하는 게?"

마다할 이유가 없었다. 나는 당장에 동의했고 그와 함께 마을에서 조금 떨어진 곳으로 갔다. 우리는 칼을 뽑아 들었다. 나는 파리에서 칼싸움을 고작 석 달밖에 배우지 않았기에 솜씨가 그다지 뛰어나지 않았다. 하지만 내 사랑이 내 칼을 움직인 모양이었다. 나는 그에게 상처를 입히고 칼을 빼앗는 데 성공했다.

그는 분해하면서, 마농을 포기하는 대가로 목숨을 구걸하고 싶지는 않다고 말했다. 나는 그를 그대로 해치울 수도 있었다. 그러나 내 기질상 그러지 못했다. 나는 그에게 칼을 던져주었다.

우리는 다시 맞붙었다. 여전히 사랑의 힘이 나를 도와주었다. 시늘레가 내 몸 여기저기 상처를 입히긴 했지만 치명상을 입히지는 못했다. 결국 그는 내 칼을 맞고 쓰러지더니 꼼짝도 하지 않았다. 죽어버린 것 같았다. 조카를 향한 총독의 사랑으로 미루어볼 때 앞으로 벌어질 일은 불을 보듯 뻔했다. 내 목숨도 끝장날 터였다.

나는 마을로 돌아갔다. 집에 가니 마농은 공포와 불안에 떨고 있었다. 나를 보자 그녀는 겨우 기운을 차렸다. 나는 그사이 무슨 일이 있었는지 그녀에게 말해주었다. 내가 부상을 입었으며 시늘레가 죽었다는 말을 듣고 그녀는 내 품에 쓰러졌다. 온몸의 기운이 다 빠져버린 모양이었다. 그녀의 의식이 돌아오기까지는 거의 15분이나 걸렸다. 몸 여기저기 상처를 입은 나도 반죽음 상태였다.

도무지 어떻게 해야 할지 알 수 없었다. 그때 어디서 기운이 났는지 마농이 벌떡 일어나더니 내 손을 잡고 현관 쪽으로 끌고 갔다.

"우리 함께 달아나요! 이렇게 꾸물거릴 시간이 없어요. 벌써 시늘레의 시신을 발견했을지도 모르잖아요. 빨리 도망가야 해요."

"아, 사랑하는 마농. 도대체 어디로 도망친다는 거야? 당신은 살아야 해. 내가 없더라도 참고 견디며 살아야 해. 나는 떳떳하게 총독에게 가서 목을 내밀겠어."

그러나 그녀는 어디론가 가자며 나를 재촉했다. 나는 그녀의 말을 따를 수밖에 없었다. 경황 중에도 나는 독한 술 몇 병을 챙겼다. 우리는 황급히 마을을 벗어났다. 연약한 마농으로서는 너무나 벅찰 정도로 우리는 걸음을 서둘렀다. 어디로 가야할지도 몰랐고 희망도 없었다. 마구 가다 보면 영국령 식민지에라도 닿겠지 하는 생각이 들기도 했다.

우리는 마농의 힘이 닿는 한 걷고 또 걸었다. 마농은 쉬어가자는 말을 결코 하지 않았다. 드디어 마농이 더 이상 걸을 힘이 없다며 주저앉았다. 이미 밤이 되어 있었다. 주변에 나무

한 그루 보이지 않는 광야였다. 잠시 기대고 쉴 만한 곳도 없었다. 우리는 황량한 광야 한가운데 털썩 주저앉고 말았다.

그녀는 기운이 하나도 없었음에도 불구하고 내 상처를 정성스레 돌보았다. 나는 입고 있던 옷을 모두 벗어서 땅바닥에 깔고 그녀에게 누워서 쉬라고 했다. 그러고는 그녀의 두 손을 뜨거운 입맞춤과 입김으로 따뜻하게 해주었다. 나는 그녀 곁에서 망을 보며 그녀가 편안한 잠을 잘 수 있게 해달라고 기도하면서 밤을 지새웠다.

아, 하느님, 내 간절한 기도를 정말로 들어주셨던 건가요? 그녀를 진짜 영원히 깨어나지 않을 잠으로 인도하시다니. 어째서 그토록 가혹한 심판을 내려주신 건가요!

나는 이 애절한 이야기를 길게 늘어놓을 여력이 없다. 그저 단 몇 마디밖에 할 수 없을 뿐이다.

나는 행여 내 사랑하는 여인의 잠을 깨울까 봐 조심스러워 숨소리조차 크게 내지 않았다. 날이 밝아올 무렵 그녀의 손을 만져보았다. 마치 얼음장처럼 차가웠다. 그녀는 덜덜 떨고 있었다. 그녀의 손을 녹여주려고 내 품에 품으려 했다. 그러자 그녀가 안간힘을 써서 겨우 내 손을 잡으며 가냘픈 목소리로 속삭였다.

"아, 데 그리외, 이제 마지막이 온 것 같아요."

나는 몸이 힘들어 으레 하는 소리인 줄 알았다. 그래서 부드럽게 몇 마디 위로의 말만 해주었을 뿐이었다. 그러나 차츰 그녀의 숨소리가 거칠어지더니, 이어서 그녀의 입에서는 아무 말도 나오지 않았다. 그렇다! 나는 그렇게 그녀를 잃었다. 그때의 내 마음이나 그녀의 표정을 어떻게 말로 표현할 수 있을까!

나의 영혼은 그녀의 넋을 뒤따라가야만 했다. 하지만 나는 그러지 못했다. 아마 하느님은 이 정도 형벌로 만족하지 않으신 것 같았다. 내가 계속 무기력하고 비참한 삶을 이어가기를, 그래서 형벌이 지속되기를 하느님은 원하고 계셨던 것 같았다.

나는 사랑하는 마농의 얼굴과 손에 입술을 댄 채 꼬박 하루를 보냈다. 그대로 죽을 생각이었다. 그러나 그녀의 몸을 짐승들의 밥이 되게 내버려둘 수는 없었다. 이틀째 되는 날 아침이 밝아올 무렵 나는 온 힘을 다해 구덩이를 팠다. 집을 떠날 때 가지고 온 술의 힘을 빌려야만 했다. 술기운으로 나는 이 비통한 작업을 계속했다. 모래 바닥이었기에 땅을 파는 일은 어렵지 않았다. 처음에는 칼로 구덩이를 파다가 칼이 부러지자 손으로 팠다.

　구덩이를 다 파자 내 옷으로 그녀의 몸을 감싼 뒤 그곳에 뉘었다. 나는 수천 번도 더 그녀에게 입을 맞춘 뒤 그녀 곁에 앉아 오래도록 그녀를 바라보았다. 구덩이를 메울 용기가 나지 않았다. 하지만 기력이 떨어지고 있었다. 이 일을 채 다 마치기 전에 온몸의 힘이 빠져버릴 수도 있었다. 나는 마지막 힘을 짜내어 그녀를 영원한 대지의 품에 안겨주었다. 무덤 위에 몸을 뉘었다. 그러고는 두 번 다시 눈을 뜨지 않으리라 결심하고 그대로 죽음을 기다렸다. 죽음만이 구원이었다. 그러나 하느님은 나를 구원해주지 않으셨다.

5

　　　　　　이것으로 이 이야기를 끝내도 된다.
나는 비참하게 살아남았으며 프랑스로 돌아오게 되었지만 하
찮은 이야기일 뿐이고 들을 만한 가치도 없다. 그래도 결론
삼아 이야기를 해보겠다.

　사람들이 시늘레를 마을로 옮겨가보니 그는 죽은 것이 아
니었다. 게다가 상처도 치명적이지 않았다. 시늘레는 내가 결
투에서 얼마나 정정당당했으며 얼마나 아량을 베풀었는지 숙
부에게 말했다. 그리고 그 사실을 모든 마을 사람들한테 알려
주라고 숙부에게 부탁했다. 마을 사람들은 우리 집으로 찾아
갔다. 그들은 나와 마농이 없어진 것을 알고 계속 우리 뒤를

추적했다. 그리고 이틀 후 마농의 무덤 위에서 죽은 듯 누워 있는 나를 발견했다.

마을 사람들은 내가 도적 떼를 만난 것으로 생각했다. 내가 거의 벌거숭이인 데다 피투성이인 것을 보고 도적 떼에게 살해당한 줄 안 것이었다. 그들은 나를 마을로 데려갔다. 마을로 가는 도중 몸이 흔들리는 바람에 나는 의식을 되찾았다. 그렇게 나는 구조되었다. 하지만 전혀 고맙지 않은 일이었다. 집으로 실려 간 나는 3개월을 앓아누워 있어야만 했다.

내게는 살고 싶은 생각이 없었다. 약마저 거부하며 죽기를 원했다. 그러나 하느님은 그토록 가혹한 형벌을 내리신 뒤 그 형벌을 선물로 바꾸려 하신 것 같았다. 병상에 누워 있자니 사랑의 열정에서 빠져나온 내 모습이 다시 돌아왔다. 그사이 나는 다른 사람이 된 것이었다. 아, 사랑의 열정이란 그렇게 찾아왔다가 그렇게 떠나가는 것일까!

나는 마음의 평온을 되찾고 점차 건강도 회복되었다. 그리고 아메리카에서 프랑스로 가는 배를 기다렸다. 나는 앞으로는 절도 있고 현명하게 살아가리라 각오를 다졌다. 내 사랑하는 여인 마농의 유해는 훌륭한 곳에 묻혔다. 시늘레가 모든 일을 배려하고 앞장섰다.

병이 나은 지 6주쯤 지난 어느 날이었다. 나는 해변을 거닐고 있었다. 그때 상선 한 척이 눈에 띄었다. 나는 배에서 내리는 사람들을 무심한 눈길로 바라보고 있었다. 그러다가 소스라치게 놀라고 말았다. 마을을 향해 가는 사람들 틈에서 티베르주의 모습을 발견한 것이었다.

아, 나의 충실한 친구! 그가 어떻게 이곳에 오게 되었단 말인가! 티베르주는 멀리서도 한눈에 나를 알아보았다. 나는 초췌해질 대로 초췌해져 있었지만 그는 단번에 나를 알아본 것이다. 그가 이곳에 온 이유는 단 하나였다. 나를 만나 프랑스로 데려가기 위해서였다.

그는 내가 보낸 편지를 받고 르아브르로 갔단다. 아메리카 행 배가 이미 출항한 것을 알고는 여러 달 동안 이 항구 저 항구 전전하며 아메리카로 가는 배를 찾았다. 그리고 드디어 생말로에서 카리브 해의 마르티니크 군도로 가는 배를 발견했다. 그곳으로 가면 뉴올리언스로 가는 배를 쉽게 찾을 수 있으리라 생각하고 올라탔다. 그런데 그 배가 도중에 스페인 해적의 습격을 받았다. 그는 해적들에게 잡혀 어느 섬으로 끌려갔다가 겨우 탈출할 수 있었다. 그 후 이리저리 헤맨 끝에 겨우 이곳까지 올 수 있었다.

나는 이 고결한 친구의 변치 않는 우정에 얼마나 감사했는지 모른다. 나는 그를 내 집으로 데려간 후 그동안의 일들을 모두 말해주었다. 그리고 그를 기쁘게 해주기 위해 이제 내가 다른 사람이 되어 미덕과 종교의 길로 들어서게 되었다고 말해주었다. 그 말을 듣고 그는 그동안 험난했던 여행의 피로가 모두 사라진 것 같다며 기뻐했다.

우리는 프랑스로 가는 배를 기다리며 뉴올리언스에서 두 달을 함께 지냈다. 그리고 드디어 프랑스행 바닷길에 올랐다. 우리는 무사히 항해를 마치고 보름 전 르아브르에 도착했다. 배에서 내리자마자 곧바로 집으로 편지를 보냈다. 아버지가 돌아가셨다는 형의 답장이 왔다. 슬픔을 억누를 길이 없었다. 내 방종한 생활 때문에 아버지가 돌아가신 것 같아 죄책감을 떨치기 힘들었다.

마침 순풍이 불어 우리는 곧바로 칼레를 향해 출발했다. 그곳에서 나는 얼마 떨어지지 않은 친척집으로 갈 예정이다. 그곳에서 형이 나를 기다리고 있었다.

『마농 레스코』를 찾아서

넷 킹 콜이라는 수십 년 전에 작고한 미국 가수가 있다. 아주 오래전인 1900년대 중반에 활동한 가수지만 지금도 사람들에게 사랑받는 그의 노래가 있다. 바로 『투 영(Too young)』이라는 노래다. 가사는 이렇다.

사람들은 우리를 어리다고 말하려 하지요. / 진짜로 사랑에 빠지기에는 어리다고요. / 사랑이란 단어는 우리가 들어보긴 했어도 그 뜻을 알기에는 아직 멀었다고요. / 하지만 우리는 결코 어리지 않아요. / 세월이 아무리 흘러도 우리의 사랑이 변치 않으리라는 것을 알기 때문

이지요. / 사람들은 언젠가는 우리가 결코 어리지 않았
다는 것을 기억해주겠지요.

　아베 프레보의 『마농 레스코』를 읽으면서 떠올릴 수 있는
노래로 아주 제격이다. 『마농 레스코』의 주인공인 데 그리외
와 마농은 십대 후반이다. 그들은 어리다. 그리고 정말로 위험
하기 짝이 없는 사랑에 빠져 있다. 둘은 완전히 사랑에 눈멀어
있고, 사랑에 미쳐 있다. 어른들이 보기에는 정말로 철없는 어
린애들이다.
　하지만 두 주인공은 당당하다. 그들이 벌인 모든 일은 상대
방을 사랑하기 때문에 한 짓이기 때문이다. 데 그리외는 도박,
사기, 탈옥을 저지르며 심지어 살인까지 한다. 아버지의 기대
를 배반하고 불효를 일삼으며 친구의 기대도 저버린다. 그는
결국 자신이 지니고 있던 모든 것을 다 버린다. 마농은 돈을
받고 자신을 팔면서도 "우리의 행복을 되찾기 위해 한 일이니
당신도 이해해주리라 생각한 거야. 나도 당신을 사랑하기 때
문에 한 짓이라고"라고 당당하게 말한다. 둘은 결국 죽음마저
불사하기에 이른다. 물론 데 그리외는 살아남지만……

주인공의 아버지가 보기에 아들은 이성이고 명예고 다 잃어버린 한심한 꼬락서니를 보여줄 뿐이다. 아버지의 눈에 그건 사랑이 아니다. 그냥 불장난일 뿐이다. 위험한 불장난을 사랑이라고 착각하는 아들은 아직 어린애일 뿐이다. 냇 킹 콜의 노래처럼 "진짜로 사랑에 빠지기에는" 아직 너무 어린 것이다.

아버지, 그러니까 어른들이 생각하는 진짜 사랑은 어떤 것일까? 분별력을 갖춘 사랑이다. 성숙한 사랑, 현실감을 가진 사랑이다. 두 눈 먼 사랑이 아니라 두 눈 똑바로 뜬 사랑이다.

하지만 솔직히 말하자. 사랑은, 특히 젊은 시절의 사랑은 그런 게 아니다. 사랑은 성숙과는 아무 상관이 없는 단어다. 사랑은 분별력과는 아무 상관이 없는 단어다. 사랑은 그냥 그렇게 와서 그냥 그렇게 나를 사로잡는 것이다.

그것은 달콤하면서 위험하다. 행복을 느끼게 해주면서 동시에 고통을 준다. 사랑 때문에 많은 것을 잃기도 한다. 하지만 그 사랑은 우리를 감동시킨다. 왜일까? 누구나 사랑을 갈망하기 때문이다. 그리고 사랑은 그 자체로 고결한 것이기 때문이다.

18세기 프랑스 철학자 몽테스키외는 『마농 레스코』를 읽은 후 이 소설을 사람들이 좋아하는 것은 당연하다고 말했다. 이 소설의 남자 주인공 데 그리외는 패륜아에 사기꾼이며, 여자 주인공 마농은 행실 나쁜 여자로 감화원을 들락거리는 신세지만, 그들이 그렇게 된 것은 사랑이라는 고결한 동기 때문이라는 것이다. 그들의 행동이 비열하다고 해서 결코 그 고결함이 손상되지 않는다고 몽테스키외는 말했다.

그렇다. 사랑은 고결하다. 이 세상 그 어떤 가치보다 높은 데 있는 것이 바로 사랑이다. "믿음, 소망, 사랑, 이 세 가지는 항상 있을 것인데 그중의 제일은 사랑이라"라는 『성경』 구절도 있지 않은가?

하지만 사랑에도 여러 종류가 있다. 사랑은 고결하지만 『마농 레스코』의 사랑만이 고결한 것은 아니다. 어떻게 보면 사랑 중에 제일 위험한 것이 데 그리외와 마농의 사랑인지도 모른다. 그러나 그것이 하찮은 것이라고, 일시적인 불장난에 불과하다고, 그건 진짜 사랑이 아니라고 말하는 것은 옳지 않다. 특히 젊은이들에게 너희가 진짜 사랑을 알기에는 너무 어리다고 말하는 것은 더더욱 옳지 않다. 그런 말을 하는 것은 고결한 것을 속된 것으로 끌어내리는 것과 같다.

젊음의 아름다움은 맹목적인 데 있다. 맹목적으로 고결한 것을 추구하는 데 있다. 솔직히 말해 나는 이 속된 세상에서 그런 고결한 사랑을 보고 싶다. 그런 정열적인 사랑을 보고 싶다. 이것저것 따지는 계산적이고 냉정한 사랑이 아니라, 자신의 모든 것을 다 바치는 그런 사랑이 보고 싶다.

그래서 이렇게 말하고 싶다.

"비극적이고 맹목적인 사랑의 유혹을 느껴보지 않은 젊음은 얼마나 삭막한가? 그런 사랑을 갈망하지 않는 젊음은 얼마나 메마른가?"

『마농 레스코』는 그런 미친 사랑의 노래, 우리를 감동시키는 사랑의 노래다. 그래서 프랑스 소설가 앙드레 지드는 스탕달의 『적과 흑』, 라클로의 『위험한 관계』와 함께 『마농 레스코』를 프랑스의 3대 연애소설로 꼽았다. 이 소설을 읽고 내 속에 들어 있는 사랑의 정열을 한번 느껴보자.

아베 프레보는 무척 파란 많은 생애를 보냈다. 수도사였는가 하면 군인이 되기도 했으며 저널리스트로 활동하기도 했다. 그리고 한곳에 머물지 않고 여러 나라를 떠돌아다녔다. 그러던 중 그는 글을 쓰기로 결심했다. 일단 글을 쓰기 시작하자 왕성하게 작품을 발표했다. 그러나 별로 큰 성공을 거두지는 못했다.

사실 18세기 프랑스에서는 큰 성공을 거둔 위대한 작가가 별로 나오지 않았다. 그때를 사람들은 '계몽주의 시대'라고 일컫는다. 계몽주의란 간단히 말해 대중들에게 지식을 널리 보급해 무지에서 벗어나게 해야 한다는 생각을 의미한다. 좀 다르게 표현하자면, 많은 지식인들이 '이성의 밝은 빛'으로 이 세상을 두루 밝히는 데 힘썼던 시대가 바로 계몽주의 시대였다.

당연히 그 시대의 주역들은 지식인들이었고 철학자들이었다. 그 시대 철학자들도 소설을 썼지만, 대개는 자신의 사상을 소설이라는 형식을 빌려 널리 알리기 위해서 쓴 것이었다. 그러니 위대한 작가가 탄생하기는 어려운 시대 분위기였다.

열심히 글을 쓴 아베 프레보는 『어느 고귀한 사람의 모험과 회고』라는 제목으로 20권의 소설을 쓴다. 1731년 출간한 『마농 레스코』는 그중 일곱 번째 소설로서 그에게 명성을 가져다준 유일한 작품이라 할 수 있다. 『마농 레스코』를 발표하자 아베 프레보는 숙명적인 사랑, 숙명적인 정열을 웅변적이지 않은 소박한 문체로 보여준 최초의 작가로 인정받는다. 그리고 후대에도 많은 사람들이 이 작품을 사랑의 정열을 노래한 최고의 걸작 중 하나로 꼽는 데 주저하지 않는다.

이 소설은 다른 예술 분야에도 많은 영향을 미쳤다. 특히 이 작품에 영감받은 프랑스 작곡가 쥘 마스네는 5막짜리 오페라 「마농」(1884)을 작곡했으며, 이탈리아 작곡가 푸치니가 작곡한 4막짜리 오페라 「마농 레스코」(1893)는 너무나 유명하다.

『마농 레스코』 바칼로레아

1 이 소설의 주인공 데 그리외는 우연히 만난 마농 레스코에게 단번에 반해버린다. 그리고 그녀와의 사랑을 위해 자신의 모든 것을 버린다. 그 사랑은 과연 진실한 사랑일까? 진정한 사랑이란 상대방과 오래 알고 지낸 뒤 찾아오는 것일까, 아니면 이 소설의 주인공에게 그런 것처럼 어느 날 갑자기 찾아오는 것일까?

2 소설 속에서 데 그리외의 친구 티베르주는 진정한 행복은 경건한 신앙심에 있다고 생각한다. 반면에 데 그리외는 사랑이 주는 행복과 기쁨도 그에 못지않다고 말한다. 두 사

람의 의견 중 어느 쪽이 더 진정한 행복일까?

3 마농은 데 그리외와 사랑하는 사이면서 타락의 길을 걷기도 한다. 그리고 그 모든 것이 둘 사이의 사랑을 위해서라고 변명한다. 마농이 말하는 그런 사랑도 사랑일 수 있을까?

4 데 그리외의 친구 티베르주는 친구가 타락하는 것을 안타까워하면서도 끝까지 일방적으로 우정을 베푸는 고결한 인물이다. 친구 간에 그렇게 일방적으로 베푸는 우정이 가능하다고 생각하는가? 만일 그렇다면 그 우정을 지탱할 수 있게 해주는 것은 무엇일까?

『마농 레스코』바칼로레아

마농 레스코

생각하는 힘: 진형준 교수의 세계문학컬렉션 17

펴낸날	초판 1쇄 2017년 9월 1일
	초판 2쇄 2018년 2월 6일

지은이	아베 프레보
옮긴이	진형준
펴낸이	심만수
펴낸곳	(주)살림출판사
출판등록	1989년 11월 1일 제9-210호

주소	경기도 파주시 광인사길 30
전화	031-955-1350 팩스 031-624-1356
홈페이지	http://www.sallimbooks.com
이메일	book@sallimbooks.com

ISBN	978-89-522-3769-9 04800
	978-89-522-3718-7 04800 (세트)

※ 값은 뒤표지에 있습니다.
※ 잘못 만들어진 책은 구입하신 서점에서 바꾸어 드립니다.

이 도서의 국립중앙도서관 출판시도서목록(CIP)은 서지정보유통지원시스템 홈페이지
(http://seoji.nl.go.kr)와 국가자료공동목록시스템(http://www.nl.go.kr/kolisnet)에서
이용하실 수 있습니다.(CIP제어번호: CIP2017019472)